16	3	2	13
5	10	11	8
9	6	7	12
4	15	14	1

Coleção LESTE

Fiódor Dostoiévski

A SENHORIA
Novela

Tradução, posfácio e notas
Fátima Bianchi

Gravuras
Paulo Camillo Penna

editora■34

EDITORA 34

Editora 34 Ltda.
Rua Hungria, 592 Jardim Europa CEP 01455-000
São Paulo - SP Brasil Tel/Fax (11) 3811-6777 www.editora34.com.br

Copyright © Editora 34 Ltda., 2006
Tradução © Fátima Bianchi, 2006
Gravuras © Paulo Camillo Penna, 2006

A FOTOCÓPIA DE QUALQUER FOLHA DESTE LIVRO É ILEGAL E CONFIGURA UMA
APROPRIAÇÃO INDEVIDA DOS DIREITOS INTELECTUAIS E PATRIMONIAIS DO AUTOR.

Edição conforme o Acordo Ortográfico da Língua Portuguesa.

Para a realização deste trabalho, a tradutora contou
com uma bolsa da CAPES de doutorado no país,
intercalada com uma bolsa de estágio em Moscou.

Título original:
Khoziáika

Capa, projeto gráfico e editoração eletrônica:
Bracher & Malta Produção Gráfica

Revisão:
Fabrício Corsaletti

1ª Edição - 2006, 2ª Edição - 2011 (3ª Reimpressão - 2023)

CIP - Brasil. Catalogação-na-Fonte
(Sindicato Nacional dos Editores de Livros, RJ, Brasil)

Dostoiévski, Fiódor, 1821-1881

D724s   A senhoria / Fiódor Dostoiévski; tradução,
posfácio e notas de Fátima Bianchi; gravuras de
Paulo Camillo Penna — São Paulo: Editora 34, 2011
(2ª Edição).
144 p. (Coleção Leste)

ISBN 978-85-7326-355-8

Tradução de: Khoziáika

1. Literatura russa. I. Bianchi, Fátima.
II. Penna, Paulo Camillo. III. Título. IV. Série.

CDD - 891.73

A SENHORIA

Primeira parte 9
Segunda parte 59

Posfácio: "O 'herói do tempo' de Dostoiévski",
   Fátima Bianchi 122

A SENHORIA

As notas da tradutora fecham com (N. da T.). As outras são de L. D. Opulskaia, G. F. Kogan, A. L. Grigóriev e G. M. Fridlénder, que prepararam os textos para a edição russa e escreveram as notas, e estão assinaladas como (N. da E.).

Traduzido do original russo *Pólnoie sobránie sotchnienii v tridtzatí tomákh — Khudójestviennie proizviedeniya* (Obras completas em 30 tomos — Obras de ficção) de Dostoiévski, tomo I, Ed. Naúka, Moscou-Leningrado, 1972.

PRIMEIRA PARTE

I

Ordínov afinal se decidira a procurar um novo alojamento. A dona da casa em que ele alugava um quarto, uma mulher já idosa e muito pobre, viúva de um funcionário público, por circunstâncias imprevistas havia partido de Petersburgo para algum fim de mundo, onde viviam seus parentes, sem mesmo esperar o dia primeiro — data de seu contrato de aluguel. O jovem, esperando expirar o prazo, pensava com lástima em seu velho canto, aborrecido por se ver obrigado a deixá-lo: ele era pobre, e o apartamento saía caro. Já no dia seguinte ao da partida da senhoria, pegou seu boné e saiu perambulando pelas travessas de Petersburgo, olhando todos os anúncios fixados nos portões dos prédios e selecionando os prédios *maiores*,[1] mais enegrecidos e apinhados, onde seria mais provável encontrar o canto que lhe convinha na casa de algum locatário pobre.

Já estava procurando há bastante tempo, com verdadeiro afinco, mas foi logo invadido por sensações novas, quase desconhecidas. Começou a olhar à sua volta, a princípio distraidamente, com despreocupação, depois com mais interesse, e por fim com grande curiosidade. A multidão e a vida na rua, o burburinho, a movimentação, a novidade dos objetos, a novidade da situação — toda essa vida mesquinha e esse

---

[1] Em itálico no original, assim como as demais ocorrências nesta edição. (N. da T.)

farelório cotidiano, que há tanto tempo aborrece o petersburguense ocupado e azafamado, que passa a vida toda procurando inutilmente, mas com ansiedade, um meio de encontrar paz, tranquilidade e repouso em algum ninho aconchegante, conquistado com seu trabalho, suor e por vários outros meios —, toda essa *prosa* vulgar e esse fastio suscitavam nele, ao contrário, uma sensação de alegria radiante e serena. Suas faces pálidas foram se cobrindo de um leve rubor, em seus olhos parecia começar a brilhar uma nova esperança, e ele se pôs a inspirar profundamente e com avidez o ar fresco e frio. Ele se sentia extraordinariamente leve.

Ele sempre havia levado uma vida tranquila, completamente solitária. Há uns três anos, após sua colação de grau, tornando-se na medida do possível emancipado, foi à casa de um velhinho que até então só conhecia de ouvir falar e teve de esperar um bom tempo até que o criado de quarto consentisse em anunciá-lo pela segunda vez. Depois entrou em um salão de teto alto, escuro e vazio, extremamente entediante, o que ainda é comum nos antigos lares senhoriais poupados pelo tempo, e viu ali um velhinho adornado de cabelos grisalhos, coberto de condecorações, que fora amigo e colega de trabalho de seu pai e era seu tutor. O velhinho lhe entregou em mãos uma ninharia de dinheiro. A soma revelou-se muito insignificante; era o que restara da herança de seu bisavô, leiloada para pagar dívidas. Ordínov tomou posse dela com certa indiferença, despediu-se para sempre de seu tutor e saiu para a rua. Era uma tarde de outono, fria e lúgubre; o jovem ia pensativo, e uma tristeza inconsciente lhe dilacerava o coração. Ardiam-lhe os olhos; sentia calor, calafrios e febre alternadamente. Pelo caminho foi fazendo cálculos e concluiu que, com seus recursos, poderia viver uns dois, três anos, até mesmo quatro, com bastante economia. Havia anoitecido e começava a chuviscar. Acertou o preço do primeiro canto que encontrou e uma hora depois estava se mudando. Ali se enclausurou como se estivesse em um monastério, como se estivesse recluso do mundo. Em dois anos havia se asselvajado completamente.

Ele se asselvajara sem se dar conta disso; até então nem lhe passava pela cabeça que existia uma outra vida — ruidosa, tumultuosa, em eterno alvoroço, em eterna transformação, eternamente convidativa e sempre, mais cedo ou mais tarde, inevitável. É verdade que não poderia não ter ouvido falar dela, mas não a conhecia nem nunca a havia procurado. Já desde a infância tinha vivido de um modo esquisito; agora essa esquisitice se precisava. Devorava-o uma paixão, a mais profunda, a mais insaciável, que absorve toda a vida de um homem e, a criaturas como Ordínov, não concede um canto que seja na outra esfera, a da atividade prática, cotidiana. Essa paixão era... a ciência. Ela vinha até agora corroendo sua juventude, como um veneno inebriante, de efeito lento, intoxicava sua paz noturna, subtraía-lhe o alimento sadio e o ar fresco, que não penetrava nunca em seu canto sufocante, mas Ordínov, na embriaguez de sua paixão, não queria se dar conta disso. Ele era jovem e até esse momento não necessitava de mais nada. Essa paixão o havia transformado numa verdadeira criança perante o mundo exterior e já para sempre incapaz de se impor a outras pessoas de bem, quando se fizesse necessário demarcar para si ao menos um cantinho entre elas. Nas mãos de pessoas hábeis, a ciência é um capital; a paixão de Ordínov era como uma arma apontada para ele mesmo.

Havia nele mais uma inclinação inconsciente do que uma motivação lógica precisa para os estudos e o conhecimento, assim como para qualquer outra atividade a que até então se dedicara, até mesmo a mais insignificante. Já na infância tinha fama de esquisito e era diferente de seus companheiros. Os pais ele não conheceu; por causa de seu temperamento estranho e introspectivo, teve de suportar grosserias e um tratamento desumano da parte de seus companheiros, o que fez com que se tornasse realmente introspectivo e sorumbático e fosse aos poucos se isolando de tudo. Mas em seus estudos solitários nunca houve ordem e um sistema determinado, nem mesmo agora havia; o que havia agora era apenas o primeiro entusiasmo, o primeiro ardor, a primeira febre do artista. Ele estava criando seu próprio sistema; este o havia obcecado durante anos, e em sua alma aos poucos ia se insurgindo a imagem ainda obscura, imprecisa, mas maravilhosamente gratificante, de uma ideia materializada em uma forma nova, iluminada, e essa forma, ao se desprender de sua alma, dilacerava essa alma; ele percebia ainda timidamente a originalidade, a verdade e a autenticidade dessa ideia: sua criação já se manifestava às suas forças; ela se formava e se consolidava. Mas o momento de sua encarnação e criação ainda estava distante, talvez muito distante, talvez ela fosse absolutamente irrealizável!

Andava agora pelas ruas como um alienado, como um eremita que de repente saiu de seu deserto mudo para uma cidade ruidosa e tumultuosa. Tudo lhe parecia novo e estranho. Mas ele se tornara a tal ponto alheio àquele mundo que fervilhava e estrepitava à sua volta que nem sequer lhe ocorria se espantar com suas estranhas sensações. Parecia não se dar conta de sua selvajaria; ao contrário, se via invadido por uma sensação de alegria, uma espécie de embriaguez, semelhante ao que sucede a um faminto quando, após um longo jejum, lhe dão de comer e de beber; embora, é claro, fosse estranho que a novidade de um incidente tão insignificante como uma mudança de casa pudesse deixar confuso e aturdido um habitante de Petersburgo, ainda que fosse Ordínov; mas é verdade também que até hoje quase nunca lhe havia acontecido de sair *a negócios*.

Sentia cada vez mais prazer em vaguear pelas ruas. Olhava para tudo embasbacado, como um *flâneur*.[2]

---

[2] A palavra *flanior* (em itálico no original), usada por Dostoiévski também no folhetim "Crônica de Petersburgo" de 1º de junho de 1847, na

Mas mesmo agora, fiel a esse seu jeito de ser, lia num cartaz que se descortinava vivamente diante de seus olhos como nas entrelinhas de um livro. Tudo o surpreendia; não deixava escapar uma só impressão e olhava com um ar pensativo para os rostos dos transeuntes, espreitava a fisionomia de todos os que o rodeavam, punha-se a escutar afetuosamente a conversa popular, como se tudo viesse a confirmar suas próprias conclusões, nascidas na calada de suas noites solitárias. Com frequência, a menor bobagem o surpreendia e inspirava-lhe uma ideia, e pela primeira vez se ressentiu por ter a tal ponto se enterrado vivo em sua cela. Aqui tudo andava mais rápido; seu pulso batia rapidamente e com mais força, sua mente, oprimida pela solidão, aguçada e afinada apenas pela tensão de uma atividade exaltada, trabalhava agora com rapidez, tranquilidade e audácia. Além do quê, meio inconscientemente, sentia vontade de também se introduzir de algum modo nessa vida que lhe era alheia, que até agora havia conhecido ou, melhor dizendo, provavelmente apenas pressentido com seu instinto de artista. O coração começou a bater-lhe involuntariamente num anseio de amor e compaixão. Olhava com mais atenção as pessoas que passavam diante dele; mas as pessoas estavam alheias, preocupadas, pensativas... E pouco a pouco a despreocupação de Ordínov foi sem querer se esvaecendo; a realidade passava a oprimi-lo, a incutir nele uma espécie de temor involuntário, de respeito. Ele começava a se cansar desse afluxo de impressões novas, que até então ignorara, como um doente que alegremente se levantara pela primeira vez de seu leito de sofrimentos e caíra, atordoado pela luz, pelo brilho, pelo turbilhão da vida, pelo burburinho e pela miscelânea de cores da multidão que rodo-

---

época era nova na literatura russa. Ela penetrou na Rússia sob a influência do ensaio fisiológico francês, assim como das novelas e dos romances de Balzac, em que um dos tipos característicos se tornou o *flâneur* que frequentava os bulevares parisienses. (N. da E.)

piava ao seu redor, aturdido, entontecido pelo movimento. Foi ficando angustiado e triste. Começou a temer por sua vida, por toda a sua atividade e até pelo futuro. Um novo pensamento vinha roubar-lhe a tranquilidade. De súbito ocorreu-lhe que havia passado sua vida inteira sozinho, que ninguém o havia amado, e que também ele nunca chegara a amar ninguém. Alguns dos transeuntes com os quais puxou conversa casualmente no início do passeio o olharam de um modo grosseiro e estranho. Percebia que o tomavam por louco ou por um excêntrico bem original, o que, aliás, era a pura verdade. Recordou-se também de que sua presença sempre causava em todos um certo mal-estar, de que já desde a infância todo mundo o evitava, por causa do seu caráter introvertido e obstinado, de que a simpatia que sentia pelas pessoas, mas na qual nunca houve uma igualdade moral perceptível, se manifestava de modo difícil, opressivo e passava despercebida, o que o torturava ainda em pequeno, quando não se parecia em nada com as outras crianças da sua idade. Agora que se lembrou, compreendeu que sempre, a qualquer momento, todos o haviam abandonado e se esquivado dele.

Sem perceber, foi parar em um arrabalde de Petersburgo distante do centro da cidade. Depois de comer alguma coisa em uma taverna solitária, saiu de novo vagueando. Tornou a passar por muitas ruas e praças. Ao longo delas estendiam-se longas paliçadas amarelas e cinzentas, e em vez dos edifícios luxuosos começou a encontrar isbás completamente decrépitas e, ao mesmo tempo, prédios de fábricas colossais, monstruosos, enegrecidos, vermelhos e com chaminés altas. Por todo lado estava ermo e deserto; tudo tinha uma aparência meio lúgubre e hostil: pelo menos era essa a impressão que tinha Ordínov. Já havia entardecido. Atravessando uma ruela comprida, ele saiu numa pequena praça, onde havia uma igreja paroquial.

Entrou nela distraidamente. A cerimônia religiosa havia apenas terminado; a igreja estava quase completamente de-

A senhoria

serta, apenas duas velhinhas ainda permaneciam ajoelhadas junto à entrada. O sacristão, um velhinho grisalho, apagava as velas. Do alto, através de uma janela estreita na cúpula, raios do sol poente se derramavam em um feixe amplo e clareavam com um mar de brilho uma das capelas laterais; mas aos poucos eles foram se apagando, e quanto mais a escuridão se adensava sob as abóbadas do templo, mais vivamente reluziam aqui e ali seus ícones banhados a ouro, iluminados pela chama bruxuleante das lamparinas e das velas. Num acesso de melancolia que o deixou profundamente excitado e tomado por uma sensação de opressão, Ordínov recostou-se à parede no canto mais escuro da igreja e por um instante deixou-se ficar assim, esquecido de tudo. Só voltou a si quando um rumor surdo dos passos cadenciados de dois paroquianos que entravam ressoou sob as abóbadas do templo. Ergueu os olhos, e ao ver as pessoas que entravam foi tomado por uma curiosidade inexplicável. Era um velho e uma jovem mulher. O velho era alto, ainda ereto e forte, mas magro e de uma palidez doentia. Por sua aparência, podia-se tomá-lo por um comerciante vindo de muito longe. Vestia um *caftan*[3] preto e comprido, de pele, que trazia desabotoado, evidentemente um traje domingueiro. Embaixo do *caftan* se entrevia uma outra roupa russa comprida, bem abotoada de cima até embaixo. Em volta do pescoço nu tinha um lenço vermelho vivo negligentemente atado; na mão, segurava um gorro de pele. Uma barba comprida, rala e meio grisalha caía-lhe sobre o peito, e sob as sobrancelhas hirsutas e espessas brilhava um olhar ardente, febrilmente inflamado, arrogante e insistente. A mulher tinha uns vinte anos e era de uma beleza celestial. Usava um rico casaco azul-claro, forrado de pele, e tinha a cabeça coberta com um lenço de cetim branco amarrado sob o queixo. Vinha de olhos baixados, e um certo ar de altivez absorta, que ema-

---

[3] *Caftan*: traje longo, com mangas compridas, amarrado na cintura por uma faixa, utilizado sob o casaco. (N. da T.)

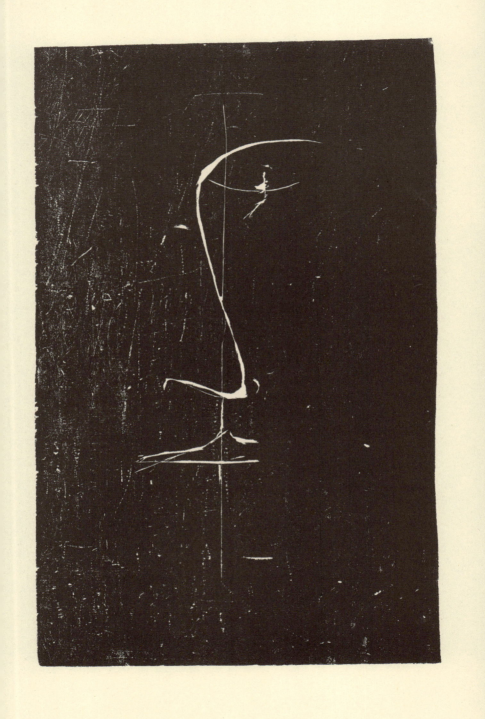

nava de toda a sua figura, se refletia com nitidez e tristeza no doce contorno das linhas infantilmente delicadas e dóceis de seu rosto. Havia algo de estranho nesse inusitado casal.

O velho parou no centro da igreja e se inclinou para os quatro lados, embora a igreja estivesse completamente vazia; sua companheira fez o mesmo. Depois ele pegou em sua mão e a conduziu até uma imagem grande da Virgem, a padroeira da igreja, que resplandecia, junto ao altar, com o brilho ofuscante das luzes refletidas em sua moldura reluzente de ouro e pedras preciosas. O sacristão, o último a permanecer na igreja, saudou o velho com respeito; este acenou-lhe com a cabeça. A mulher caiu prostrada diante do ícone. O velho pegou a ponta do manto que pendia do pedestal do ícone e cobriu-lhe a cabeça. Um soluço surdo ressoou na igreja.

Ordínov ficou pasmo com a solenidade toda dessa cena e esperava com ansiedade o seu desfecho. Uns dois minutos depois a mulher ergueu a cabeça, a luz viva da lamparina tornou a iluminar seu rosto encantador. Ordínov estremeceu e deu um passo à frente. Ela já havia dado a mão ao velho e eles estavam saindo da igreja em silêncio. Com os longos cílios baixados brilhando sobre a brancura leitosa de seu rosto, lágrimas ferventes transbordavam de seus olhos azuis-escuros e rolavam por suas faces empalidecidas. Em seus lábios aflorava um leve sorriso; mas em seu rosto se percebiam sinais de um medo infantil e de um terror misterioso. Ela se estreitava timidamente ao velho, e era evidente que tremia toda de emoção.

Pasmo, fustigado por um inusitado sentimento de obstinação e ternura, Ordínov saiu rapidamente atrás deles e no adro da igreja cruzou-lhes o caminho. O velho deitou-lhe um olhar severo e hostil; ela também olhou para ele, mas sem curiosidade e distraidamente, como se estivesse absorvida por um outro pensamento, distante. Ordínov saiu-lhes no encalço, embora nem ele próprio compreendesse sua atitude. Já havia anoitecido completamente; ele os seguia a uma certa distância. O velho e a jovem entraram em uma rua ampla e comprida, lamacenta, cheia do pessoal das várias indústrias, dos armazéns de farinha e das hospedarias, que conduzia diretamente à cancela da cidade, e daí viraram em uma travessa estreita e comprida, com longas paliçadas de ambos os lados, que terminava na parede enorme e enegrecida de um imenso edifício de quatro andares, por cujos portões se podia sair em uma outra rua também grande e movimentada. Eles já se aproximavam de casa; de repente o velho se voltou com impaciência e lançou um olhar a Ordínov. O jovem parou de chofre; ele mesmo acabou estranhando essa sua atração. O velho tornou a se virar, como que para se certificar de que sua ameaça havia surtido efeito, e depois os dois, ele e a jovem, entraram no pátio do prédio por um portão estreito. Ordínov voltou para trás.

Encontrava-se no mais lamentável estado de ânimo e irritado consigo mesmo por perceber que havia se cansado à toa, desperdiçado tempo à toa e ainda, para cúmulo, terminado o dia com um disparate, ao atribuir o sentido de uma verdadeira aventura a um episódio mais do que corriqueiro.

Por mais aborrecido que estivesse consigo mesmo pela manhã por sua selvajaria, instintivamente, entretanto, procurava esquivar-se de tudo o que pudesse distraí-lo, perturbá-lo e impressioná-lo no mundo exterior, não em seu mundo interior e artístico. Nesse momento, pensou com tristeza e um certo remorso em seu canto tranquilo; em seguida sentiu apoderar-se dele uma angústia, uma inquietação, por causa de sua situação incerta, das preocupações que teria pela frente, e ao mesmo tempo se aborreceu com o fato de que uma coisa tão insignificante pudesse tomar-lhe o tempo. Por fim, cansado e sem condições de concatenar duas ideias, arrastou-se já tarde até seu alojamento e subitamente, para seu espanto, percebeu que quase havia passado diante do prédio em que morava sem se dar conta. Admirado com sua distração, balançando a cabeça, atribuiu-a ao cansaço, depois subiu as escadas e finalmente entrou na água-furtada, em seu quarto.

A senhoria

Ali acendeu uma vela — e um minuto depois a imagem da mulher em pranto golpeava-lhe vivamente a imaginação. A impressão era tão forte, tão ardente, era com tanto amor que seu coração reproduzia os traços suaves e dóceis do rosto dela, abalado por um terror e uma comoção misteriosa e banhado de lágrimas de êxtase ou de remorso infantil, que sentiu turvar-se-lhe a vista, e uma espécie de fogo pareceu percorrer-lhe todo o corpo. Mas a visão não durou muito. O êxtase deu lugar à reflexão, depois ao despeito, depois a uma espécie de raiva impotente; sem mesmo se despir, enrolou-se em um cobertor e se jogou em sua cama dura...

Ordínov acordou de manhã já bem tarde, num estado de espírito irritável, tímido e deprimido, se aprontou às pressas, praticamente forçando-se a pensar em suas preocupações imediatas, e se dirigiu para o lado oposto ao de sua expedição do dia anterior; acabou por encontrar um alojamento na água-furtada de um alemão pobre, apelidado de Spiess,[4] que morava com a filha, Tínkhen. Ao receber o sinal, Spiess foi no mesmo instante retirar o anúncio fixado no portão para atrair locatários, cumprimentou Ordínov por seu amor à ciência e prometeu-lhe que ele mesmo o atenderia com toda a diligência. Ordínov disse que se mudaria ao entardecer. Dali pensava voltar para casa, mas mudou de ideia e tomou outra direção; recobrava o ânimo, e no fundo acabou achando graça de sua curiosidade. Em sua impaciência, o caminho lhe pareceu extremamente longo; afinal chegou à igreja onde estivera na tarde anterior. Era hora da missa. Escolheu um lugar de onde podia ver quase todos os fiéis; mas os que procurava não es-

---

[4] É provável que o sobrenome desse personagem tenha sido criado como imitação dos sobrenomes dos artesãos alemães da novela *Avenida Niévski* (Schiller, Hoffmann), de Gógol. Pode ser também uma referência a H. Spiess (1755-1799), escritor alemão cujos romances de cavalaria e com temas fantásticos eram populares também na Rússia. Além do que, Spiess entra na composição da palavra alemã *Spiessbürger* — pequeno-burguês. (N. da E.)

tavam lá. Após longa espera, saiu dali com as faces em fogo. Em sua obstinação de querer sufocar um sentimento involuntário, tentava a todo custo mudar o rumo de seus pensamentos. Procurando pensar em coisas triviais, do dia a dia, ocorreu-lhe que era hora do almoço, e como realmente sentisse fome, entrou na mesma taberna em que havia almoçado no dia anterior. Em seguida já nem se lembrava como havia saído de lá. Sem se dar conta, ficou longo tempo perambulando por ruas, por vielas movimentadas e desertas, e acabou enveredando para uns confins de mundo, onde já não havia cidade e se alastrava o campo amarelecido; só deu por si quando um silêncio mortal o surpreendeu com uma impressão nova, que havia muito não experimentava. O dia estava seco e frio, o que não é nada raro no outubro petersburguense. Não muito longe dali havia uma isbá; junto dela, duas medas de feno; um cavalicoque de costelas salientes, cabeça baixada, lábio pendido, desatrelado junto de uma carroça de duas rodas, parecia absorto em reflexões. Um cachorro vira-lata roía um osso, rosnando, perto de uma roda quebrada, e um menino de uns três anos, vestindo apenas um camisolãozinho branco, coçava sua cabecinha loura e cabeluda, olhando com espanto para o cidadão solitário que se aproximava. Atrás da isbá se estendiam campos e hortas. Ao fundo do horizonte azul negrejavam os bosques, enquanto do lado oposto nuvens turvas de neve avançavam como se empurrassem adiante um bando de pássaros migratórios que, sem alarido, um atrás do outro, iam abrindo caminho pelo céu. Tudo inspirava tranquilidade e uma certa melancolia solene, repleta de uma expectativa dissimulada e amortecida... Ordínov teria ido ainda mais longe; mas aquele descampado só fazia deprimi-lo. Ele voltou para trás, para a cidade, de onde de repente se propagou o repique grave dos sinos convocando para as orações da tarde, apressou o passo e pouco depois tornou a entrar na igreja que desde o dia anterior lhe era tão familiar.

Sua desconhecida já se encontrava lá.

Estava ajoelhada bem na entrada em meio à multidão de fiéis. Ordínov abriu passagem entre a massa compacta de indigentes, de velhas maltrapilhas, de doentes e inválidos que esperavam esmolas na porta da igreja e se ajoelhou ao lado da desconhecida. Sua roupa roçava na dela, e ele ouvia a respiração arquejante que lhe escapava dos lábios ao murmurar uma prece com todo fervor. Os traços de seu rosto estavam, como antes, transtornados por um sentimento de infinita devoção, e as lágrimas tornavam a rolar e a secar em suas faces afogueadas, como que para lavar algum crime terrível. Esse lugar onde os dois se encontravam estava na mais completa penumbra e apenas de vez em quando a chama embaciada da lamparina, que bruxuleava com o vento que irrompia pelo vidro aberto de uma janela estreita, iluminava o rosto dela com um brilho trêmulo, e cada um de seus traços se gravava na memória do rapaz, turvando-lhe a vista e partindo--lhe o coração com uma dor surda e insuportável. Mas nesse suplício havia um êxtase frenético. Por fim não pôde mais resistir; todo o seu peito começou a tremer, num átimo ele sucumbiu a um espasmo de uma doçura inusitada e, soluçando, inclinou a cabeça escaldante sobre o ladrilho gelado da igreja. Não ouvia nem sentia nada, além da dor no coração, que agonizava num doce tormento.

Talvez essa impressionabilidade exacerbada, esse desnudamento e essa desproteção de seus sentimentos tenham se desenvolvido com a solidão; talvez essa impetuosidade do coração, preparada no irremediável silêncio penoso e sufocante de longas noites de insônia, entre anseios inconscientes e inquietações impacientes do espírito, estivesse finalmente prestes a explodir ou a encontrar desafogo; e devia ser isso mesmo, como costuma acontecer bruscamente nos dias tórridos e abafados, em que o céu repentinamente se torna todo negro e a tempestade se derrama em chuva e fogo sobre a terra sedenta, se pendura como pérolas de chuva nos ramos de esmeralda, fustiga a erva, os campos, abate sobre a terra os tenros cálices de flores, para que em seguida, aos primeiros raios do sol, tudo, retornando à vida, se levante, se precipite ao encontro dele e, solenemente, lhe envie no céu o seu incenso doce, luxuriante, regozijando-se e exultando com a renovação de sua vida... Mas Ordínov agora não conseguiria sequer pensar no que se passava com ele: ele mal se reconhecia...

Quase nem se dera conta de que o ofício religioso havia terminado, e só deu por si quando já se enfiava, atrás de sua desconhecida, entre a multidão que se aglomerava na saída. Às vezes encontrava seu olhar luminoso e surpreendente. Forçada a se deter a todo instante pelo povo que saía, voltou-se para ele várias vezes; era evidente que seu espanto crescia cada vez mais, e de repente ficou toda rubra, como se fosse o reflexo de um incêndio. Nesse instante, o velho do dia anterior tornou a surgir repentinamente da multidão e a pegou pelo braço. Ordínov encontrou de novo seu olhar colérico e malicioso, e um estranho sentimento de ódio confrangeu-lhe de súbito o coração. Por fim os perdeu de vista na escuridão; então, num esforço sobrenatural, lançou-se adiante com ímpeto e saiu da igreja. Mas nem o ar fresco da tarde conseguia refrescá-lo: tirava-lhe o fôlego, oprimia-lhe o peito, e seu coração começou a bater lentamente e com força, como se quisesse lhe saltar do peito. Por fim viu que havia realmente perdido de vista seus desconhecidos; eles já não estavam nem na rua, nem na travessa. Mas na cabeça de Ordínov já havia ocorrido uma ideia, se armado um desses planos arrevesados, decisivos, que, não obstante sejam sempre desatinados, em semelhantes ocasiões, todavia, quase sempre acabam dando certo e sendo bem-sucedidos; no dia seguinte, às oito horas da manhã, ele se aproximou do prédio pelo lado da viela e entrou no pequeno pátio dos fundos, estreito, sujo e imundo, uma espécie de fossa de lixo do prédio. O porteiro, que estava fazendo alguma coisa no pátio, deteve-se, apoiou o queixo no cabo de sua pá, mediu Ordínov da cabeça aos pés com os olhos e perguntou-lhe o que desejava.

A senhoria

O porteiro era um rapaz de uns vinte e cinco anos, miúdo, com um rosto extremamente envelhecido, encarquilhado, de ascendência tártara.

— Estou procurando um alojamento — respondeu Ordínov com impaciência.

— Que alojamento? — perguntou o porteiro com um risinho. Olhou para Ordínov de um jeito, como quem está a par do assunto.

— Preciso alugar de algum locatário — respondeu Ordínov.

— Nesse pátio não tem — respondeu misteriosamente o porteiro.

— E aqui?

— Nem aqui. — Nisso o porteiro pegou sua pá.

— Mas pode ser que alguém ceda — disse Ordínov, dando ao porteiro uma moeda de dez copeques.

O tártaro deu uma olhada em Ordínov, pegou a moeda de dez copeques, em seguida tornou a pegar sua pá e, após um breve silêncio, declarou que "não, não há alojamento". Mas o rapaz já não o ouvia; por umas tábuas meio podres e oscilantes, estendidas sobre uma poça, dirigia-se para os anexos do prédio pela única saída do pátio, que de tão escura, suja e imunda parecia inundada na lama. No piso inferior morava um pobre fabricante de ataúdes. Depois de transpor sua engenhosa oficina, Ordínov subiu para o andar de cima por uma escada em espiral semidestruída e escorregadia, apalpou no escuro uma porta grossa e rude, revestida de farrapos de esteira, encontrou a fechadura e a entreabriu. Ele não se enganara. Diante dele estava seu velho conhecido, que o encarava cheio de espanto.

— O que você quer? — perguntou ele com a voz entrecortada e quase num sussurro.

— Tem quarto para alugar?... — perguntou Ordínov, esquecendo quase tudo o que queria dizer. Tinha avistado por cima do ombro do velho sua desconhecida.

Sem responder, o velho foi fechando a porta e empurrando Ordínov com ela.

— Temos um quarto — ressoou de repente a voz meiga da jovem.

O velho deixou a porta livre.

— Estou precisando de um canto — disse Ordínov, entrando apressadamente no apartamento e se dirigindo à sua beldade.

Mas, ao olhar para seus futuros senhorios, ficou pasmo, como que petrificado; uma cena muda, impressionante, desenrolou-se diante de seus olhos. O velho estava pálido como um cadáver, parecia prestes a desmaiar. Deitou sobre a mulher um olhar de chumbo, fixo e penetrante. Também ela a princípio empalideceu; mas depois o sangue afluiu-lhe todo ao rosto e seus olhos cintilaram de modo meio estranho. Ela conduziu Ordínov para um outro cubículo.

O apartamento todo consistia em um único cômodo bem amplo, dividido em três compartimentos por dois tabiques; a entrada dava diretamente para uma antessala estreita, escura; em frente havia uma porta que conduzia ao outro lado do tabique, evidentemente o quarto dos donos da casa. À direita, atravessando a antessala, se passava para o quarto que estava sendo alugado. Era bem estreito e apertado, espremido pelo tabique contra duas janelas bem baixas. A casa estava toda atravancada e atulhada de objetos indispensáveis a qualquer residência; era pobre, apertada, mas na medida do possível limpa. Os móveis consistiam em uma mesa branca modesta, duas cadeiras também modestas e bancos em ambos os lados das paredes. Sobre uma prateleira no canto havia uma imagem grande, antiga, com auréola dourada, e uma lamparina acesa diante dela. No quarto alugado e em parte da antessala ficava um forno a lenha russo enorme e desajeitado.[5]

---

[5] Na Rússia, as construções urbanas em geral são constituídas de enormes prédios de apartamentos — uma forma de facilitar a calefação no

Era evidente que não dava para viver em três num apartamento desse.

Começaram a tratar do aluguel, mas com tal incoerência que custaram a se entender. Ordínov, a dois passos dela, podia ouvir-lhe as batidas do coração; percebia que ela tremia toda de emoção e, quem sabe, de medo. Por fim, acabaram por chegar a um acordo. O rapaz comunicou-lhes que se mudaria imediatamente e lançou um olhar para o dono da casa. O velho, parado à porta, ainda estava pálido; mas um sorriso sereno e até pensativo se insinuava em seus lábios. Ao encontrar o olhar de Ordínov, tornou a franzir as sobrancelhas.

— Tem passaporte?[6] — perguntou de repente alto, com uma voz entrecortada, ao abrir-lhe a porta de entrada.

— Sim! — respondeu Ordínov um pouco desconcertado.

— Quem é você?

— Sou Vassíli Ordínov, nobre, não trabalho, me dedico às minhas coisas — respondeu ele imitando o tom do velho.

— E eu também — respondeu o velho. — Sou Iliá Múrin, burguês; é suficiente para você? Pode ir...

Em uma hora Ordínov já estava no novo apartamento, para surpresa não só sua como também de seu alemão, que já começava a desconfiar, junto com a obediente Tínkhen, de que o inquilino que aparecera os havia enganado. O próprio Ordínov não entendia como tudo isso havia se dado, mas nem queria entender...

---

inverno. O forno russo, pelo enorme espaço que ocupa, era mais encontrado no campo, em casas térreas. Trata-se de uma grande estrutura retangular de alvenaria, com chaminé, que serve de aparelho de cozinha e para o aquecimento interno, além de funcionar como divisor de ambientes. A área sobre o forno, junto ao teto, pode ser utilizada como local de dormir e para o tratamento de doentes, por conservar a temperatura. (N. da T.)

[6] O passaporte, na Rússia, é utilizado como documento de identidade. Na época, nele vinha especificada a classe social a que pertencia seu portador. (N. da T.)

II

O coração batia-lhe de tal maneira, que sentiu turvar-se-
-lhe a vista e a cabeça começar a girar. Maquinalmente, pôs-
-se a acomodar seus míseros pertences no novo alojamento,
desatou um embrulho com vários objetos indispensáveis,
abriu um baú de livros e começou a colocá-los sobre a mesa;
mas logo largou mão de todo esse trabalho. A imagem da
mulher que ao primeiro encontro havia perturbado e transtornado toda a sua existência, enchendo-lhe o coração de um
entusiasmo tão convulsivo e incontrolável, resplandecia a todo instante diante de seus olhos; era tanta felicidade invadin-
do de uma só vez sua miserável vida, que seus pensamentos
se obscureciam e seu espírito sufocava em angústia e ansiedade. Pegou o passaporte e foi levá-lo ao senhorio na esperança de vê-la. Mas Múrin mal entreabriu a porta, pegou o documento, lhe disse: "Está bem, fique em paz", e tornou a se
trancar no quarto. Uma sensação desagradável apoderou-se
de Ordínov. Sem saber por quê, começava a lhe fazer mal
olhar para esse velho. Em seu olhar havia algo de desdenhoso e maldoso. Mas essa impressão desagradável logo se dissipou. Havia já três dias que Ordínov vivia numa espécie de
turbilhão, em comparação com a calmaria da vida que leva-
va antes; mas não estava em condições e chegava até a sentir
medo de refletir sobre isso. Tudo havia se baralhado e se con-
fundido em sua existência; tinha a profunda sensação de que
toda a sua vida como que se partira ao meio; estava possuí-
do por um único desejo, por uma única expectativa, nenhum
outro pensamento o perturbava.

Perplexo, retornou ao seu quarto. Junto ao forno, uma
velhota baixa e encurvada cuidava de preparar a comida, estava tão suja e vestia trapos tão repugnantes que dava pena
olhar para ela. Passava a impressão de ser muito má e de vez
em quando resmungava alguma coisa consigo mesma rezingando com os lábios. Era a criada da casa. Ordínov quis pu-

xar conversa com ela, mas ela não respondeu, sem dúvida por maldade. Enfim chegou a hora do almoço; a velha retirou do forno uma sopa de repolho, pastéis e carne e levou aos patrões. Serviu a mesma coisa a Ordínov. Após o almoço reinou no apartamento um silêncio mortal.

Ordínov pegou um livro e ficou folheando-o por longo tempo, se esforçando para atinar o sentido do que já havia lido pela enésima vez. Impaciente, largou o livro e quis de novo tentar pôr seus trastes em ordem; por fim vestiu o capote, pegou seu gorro e saiu para a rua. Andando ao acaso, sem atentar o caminho, fazia todo o esforço possível para se concentrar, juntar seus pensamentos desordenados e refletir ao menos um pouco sobre sua situação. Mas esse esforço só fazia afundá-lo ainda mais em aflições e torturas. Uma febre alternada com calafrios apoderava-se dele, e por momentos repentinamente o coração começava a bater-lhe com tanta força que se via obrigado a se apoiar em alguma parede. "Não, antes a morte" — pensava ele —, "antes a morte" — murmurava com os lábios inflamados, tremendo, sem pensar muito no que dizia. Caminhou durante muito tempo; por fim, ao sentir que estava ensopado até os ossos e só então se dar conta de que chovia a cântaros, voltou para casa. Perto do prédio viu seu porteiro. Teve a impressão de que por uns momentos o tártaro o ficara observando atentamente e com curiosidade e só retomara seu caminho ao perceber que tinha sido visto.

— Boa tarde — disse Ordínov, alcançando-o. — Como você se chama?

— Me chamo porteiro — respondeu ele, arreganhando os dentes.

— Faz tempo que é porteiro aqui?

— Faz.

— Meu senhorio é um burguês?

— Burguês, se foi o que disse.

— O que é que ele faz?

— É doente; vive, reza a Deus — é isso aí.

A senhoria   29

— E ela, é mulher dele?

— Que mulher?

— A que vive com ele?

— Mu-lher, se foi o que disse. Até logo, senhor.

O tártaro levou a mão ao gorro em sinal de despedida e entrou em seu cubículo.

Ordínov foi para o seu apartamento. A velha, rezingando e resmungando alguma coisa consigo mesma, abriu-lhe a porta, tornou a trancá-la com o ferrolho e a trepar no forno, sobre o qual passava seus dias. Já estava anoitecendo. Ordínov foi atrás de fogo e viu que a porta dos senhorios estava trancada à chave. Chamou a velha, que, soerguendo-se nos cotovelos, o observava atentamente de cima do forno, parecendo se perguntar o que estaria ele querendo junto à fechadura dos senhorios; sem dizer nada, jogou-lhe uma caixa de fósforos. Ele voltou para o quarto e, pela centésima vez, recomeçou a arrumar suas coisas e seus livros. Mas pouco depois, sem atinar o que se passava com ele, sentou-se no banco e teve a impressão de ter adormecido. Às vezes voltava a si e desconfiava de que seu sono não era sono, mas uma espécie de torpor mórbido e torturante. Ouviu baterem à porta, ela se abrir, e adivinhou que eram os senhorios retornando das vésperas. Nisso veio-lhe à mente que precisava ir vê-los por algum motivo. Levantou-se e teve a impressão de já estar indo até eles, mas tropeçou e caiu num monte de lenha que a velha havia largado no meio da peça. Nisso adormeceu de vez, e ao abrir os olhos muito, muito tempo depois, percebeu, para seu espanto, que continuava deitado no mesmo banco, do jeito que estava antes, vestido, e que sobre ele, com uma solicitude cheia de ternura, pendia um rosto feminino de uma beleza celestial, parecendo todo umedecido de lágrimas maternais e silenciosas. Sentiu que lhe tinham colocado um travesseiro sob a cabeça, agasalhando-o com algo quente e que havia uma mão suave pousada sobre sua fronte escaldante. Queria agradecer, queria pegar essa mão, levá-la aos seus lábios ressequidos, umedecê-la com suas lágrimas e beijá-la, beijá-la por toda a eternidade. Tinha vontade de lhe dizer tanta coisa, mas o quê — nem ele mesmo sabia; teve vontade de morrer nesse instante. Mas suas mãos pareciam de chumbo, não se moviam; era como se tivesse emudecido, só sentia o sangue se espalhando rapidamente por todas as suas veias, quase a ponto de soerguê-lo da cama. Alguém lhe deu água... Por fim perdeu a consciência.

Acordou de manhã por volta das oito horas. O sol despejava seus raios num feixe dourado através das janelas verdes de seu quarto, cobertas de mofo; uma sensação agradável acalentava todo o corpo do doente. Ele estava calmo e quieto, infinitamente feliz. Pareceu-lhe que nesse momento havia alguém à sua cabeceira. Acordou procurando solicitamente à sua volta aquela criatura invisível; queria tanto abraçar sua amiga e dizer pela primeira vez na vida: "Olá, um bom dia para você, minha querida".

— Como você dorme! — disse uma voz meiga feminina. Ordínov olhou em redor, enquanto o rosto de sua bela senhoria se inclinava para ele com um sorriso afetuoso e radiante como o sol.

— Quanto tempo você esteve doente — disse ela —, agora chega, levante-se; por que está se constrangendo? Nossa liberdadezinha é mais saborosa que o pão, mais esplêndida que o sol. Levante-se, meu pombinho, levante-se.

Ordínov agarrou-lhe a mão e a apertou com força. Tinha a sensação de ainda estar sonhando.

— Espere, eu preparei um chá para você; quer um chá? Toma; se sentirá melhor. Eu sei, também andei adoentada.

— Sim, dê-me algo para beber — disse Ordínov com uma voz fraca, pondo-se de pé. Ainda estava muito fraco. Um calafrio percorreu-lhe a espinha, doíam-lhe todos os membros, como se estivessem quebrados. Mas o coração estava sereno, e os raios do sol pareciam aquecê-lo com uma alegria radiante e solene. Sentia que uma vida nova, intensa e

A senhoria

31

desconhecida acabava de começar para ele. Teve uma ligeira vertigem.

— Então você se chama Vassíli? — perguntou ela —, se não ouvi mal, parece que foi assim que meu senhor o chamou ontem.

— Sim, Vassíli. E você, como se chama? — disse Ordínov, aproximando-se dela e a duras penas mantendo-se de pé. Cambaleou. Ela o agarrou pelo braço, o amparou e pôs-se a rir.

— Eu, Katierina — disse ela, fitando-o nos olhos com seus grandes olhos azuis e claros. Eles estavam de mãos dadas.

— Tem alguma coisa que queira me dizer? — proferiu ela por fim.

— Não sei — disse Ordínov. Sentiu que se lhe toldava a vista.

— Olha como você é. Chega, meu pombinho, chega; não fique triste, não se aflija; sente-se aqui, ao sol, à mesa; fique quietinho aí e não venha atrás de mim — acrescentou ela ao ver que o jovem fez menção de detê-la —, eu já volto para ficar com você; terá tempo de sobra para se fartar de me ver.
— Em um minuto ela trouxe o chá, colocou-o sobre a mesa e se sentou de frente para ele.

— Pega, toma à vontade — disse ela. — O que foi, está com dor de cabeça?

— Não, agora não está doendo — disse ele. — Não sei, talvez esteja doendo... eu não quero... chega, chega!... Nem sei o que há comigo — disse ele, com a respiração arquejante, depois de encontrar a mão dela —, fique aqui, não se afaste de mim; me dê, me dê de novo sua mão... Sinto ofuscar-me a vista; olhar para você é como olhar para o sol — disse ele, como se arrancasse suas palavras do coração, desfalecendo de êxtase ao pronunciá-las. Os soluços lhe comprimiam a garganta.

— Pobrezinho! Pelo jeito você não vivia com gente de bem. Você é sozinho no mundo; não tem parentes?

— Não tenho ninguém; sou sozinho... não importa, deixa pra lá! Agora me sinto melhor... estou bem agora! — disse Ordínov, como se estivesse delirando. O quarto parecia girar à sua volta.

— Eu mesma passei muitos anos sem ver viva alma. Você me olha de um jeito... — proferiu ela após um breve silêncio.

— Então diga... como?

— É como se meus olhos o aquecessem! Sabe... quando se ama alguém... Às suas primeiras palavras o acolhi em meu coração. Pode adoecer, tornarei a cuidar de você. Mas não adoeça, não. Se levantará, vamos viver como irmão e irmã. Quer? Pois arranjar uma irmã não é nada fácil, quando Deus não nos a deu.

— Quem é você? De onde você vem? — pronunciou Ordínov num fio de voz.

— Não sou daqui... e o que importa! Sabe, as pessoas contam que em um bosque escuro viviam doze irmãos e que uma linda menina se perdeu nesse bosque. Ela entrou na casa deles, arrumou toda a casa para eles e em tudo pôs seu amor. Quando os irmãos chegaram, descobriram que uma irmãzinha havia passado o dia lá. Começaram a chamá-la e ela foi ao encontro deles. Eles todos a chamaram de irmã, a deixaram livre e ela era igual a todos. Conhece essa história?

— Conheço — sussurrou Ordínov.

— A vida é bela; você gosta de viver nesse mundo?

— Sim, sim; viver para sempre, viver muito — respondeu Ordínov.

— Não sei — disse Katierina, pensativa —, eu bem que queria morrer. É bom amar a vida e amar pessoas boas, é verdade... Olha, você está de novo branco como cera!

— Sim, estou sentindo uma tontura...

— Espera, vou trazer para você minha roupa de cama e um travesseiro — outro; farei aqui sua cama. Vai dormir e sonhar comigo; o mal-estar passará. Nossa velhota também está doente...

Nem acabou de falar, já foi tratando de fazer a cama, olhando às vezes para Ordínov, por cima do ombro, com um sorriso.

— Quanto livro você tem! — disse ela, deslocando o baú.

Aproximou-se dele, pegou-o pela mão direita, o conduziu até a cama, fazendo-o se deitar, e o cobriu com um cobertor.

— Dizem que os livros estragam as pessoas — disse ela, meneando a cabeça pensativamente. — Você gosta de ler nos livros?

— Gosto — respondeu Ordínov, sem saber se estava dormindo ou não e apertando a mão de Katierina com mais força para se certificar de que estava acordado.

— Meu senhor tem muitos livros; está vendo quantos! ele diz que são sagrados. Está sempre lendo-me alguma coisa deles. Depois eu lhe mostro; e você então me dirá o que é que ele tanto lê neles para mim?

— Direi — sussurrou Ordínov, fitando-a insistentemente.

— Você gosta de rezar? — perguntou ela depois de um breve silêncio. — Sabe o que é? Eu vivo com medo, tenho medo de tudo...

Não terminou de falar, parecia estar refletindo sobre alguma coisa. Ordínov por fim levou a mão dela aos lábios.

— Por que está beijando minha mão? (E um ligeiro rubor cobriu-lhe as faces.) Toma, pode beijá-las — continuou ela, rindo e oferecendo-lhe ambas as mãos; depois retirou uma e a pousou na fronte escaldante dele, em seguida se pôs a arrumar-lhe e a acariciar-lhe os cabelos. Enrubescia cada vez mais; por fim se sentou no chão ao lado da cama e encostou a face à de Ordínov; sua respiração quente e úmida roçava o rosto dele... De repente Ordínov sentiu que lágrimas de fogo corriam dos olhos dela e caíam como chumbo derretido em suas faces. Sentia-se cada vez mais fraco; já nem conseguia mover a mão. Nesse momento ouviu-se uma batida na porta e o rangido do ferrolho. Ordínov ainda chegou a ou-

A senhoria

vir o velho, seu senhorio, entrando do outro lado do tabique. Depois percebeu que Katierina havia se levantado e pego seus livros sem pressa e sem se perturbar, percebeu que ao sair fizera nele o sinal da cruz; ele fechou os olhos. De súbito um beijo ardente e demorado queimou-lhe os lábios inflamados, como se o tivessem apunhalado no coração. Soltou um grito fraco e perdeu os sentidos...

Depois teve início para ele uma vida estranha.

Por vezes, em momentos de vaga consciência, tinha lampejos de que estava condenado a viver numa espécie de sonho longo, interminável, cheio de sobressaltos, lutas e sofrimentos estranhos e estéreis. Aterrorizado, tentava se insurgir contra esse fatalismo funesto que o oprimia, mas no momento cruciante e mais desesperador da luta uma força desconhecida tornava a golpeá-lo, e ele percebia, sentia claramente que estava de novo perdendo a memória, que de novo uma escuridão impenetrável e insondável se abria diante dele, e ele se lançava a ela com um uivo de angústia e desespero. Por vezes lampejavam-lhe momentos de uma felicidade aniquiladora e insuportável, que se experimenta quando a energia vital lateja convulsivamente por todo o ser, o passado se torna nítido, o radioso instante presente ressoa exultante e alegre e se sonha de olhos abertos com o futuro ignorado; quando uma esperança inexprimível cai sobre a alma como um orvalho vivificante; quando se tem vontade de gritar de êxtase; quando se sente que a carne é tão impotente diante do peso de tais impressões, que todo o fio da existência está prestes a se romper, e quando ao mesmo tempo se festeja toda a vida com a renovação e a ressurreição. Por vezes voltava a cair num estado de torpor, e então tudo o que lhe havia acontecido nos últimos dias tornava a se repetir e acorria-lhe à mente como um enxame confuso e revoltoso; mas essa visão se lhe apresentava de modo estranho e enigmático. Por vezes o doente se esquecia do que havia acontecido com ele e admirava-se de não estar no antigo alojamento, com a antiga senhoria. Ficava perplexo de ver que a velhota não vinha, como sempre fazia à tarde, na hora do crepúsculo, para junto do forno que estava se apagando e de tempo em tempo inundava com um brilho tênue e bruxuleante todo o canto escuro do quarto, e não estava aquecendo suas mãos ossudas e trêmulas, como tinha o hábito, junto do fogo agonizante, à espera de que ele se extinguisse, sempre tagarelando e murmurando consigo mesma, e de vez em quando lançando um olhar perplexo para ele, o seu inquilino esquisito, que para ela havia perdido o juízo de tanto ficar debruçado sobre os livros. Outras vezes ele se lembrava de ter se mudado para um outro apartamento; mas como isso havia se dado, o que havia acontecido com ele e por que motivo se vira obrigado a se mudar, isso ele não sabia, ainda que mobilizasse todo o seu ânimo num esforço incessante e incontrolável... Mas para onde, o que era isso que o chamava e o atormentava e quem havia lançado essa chama insuportável, que o estava sufocando, devorando-lhe todo o sangue? — de novo não sabia nem se lembrava. Estava sempre tentando agarrar avidamente uma sombra com as mãos, muitas vezes tinha a impressão de ouvir um rumor de passos leves, próximos, pegados à sua cama, e o sussurro, doce como uma música, das palavras ternas e afáveis de alguém; de sentir uma respiração impetuosa e úmida deslizando-lhe pelo rosto, fazendo tremer de amor todo o seu ser; lágrimas ardentes queimando-lhe as faces em fogo, e de repente lhe cravavam um beijo demorado e terno nos lábios; então sua vida definhava num suplício inextinguível; parecia-lhe que toda a sua existência, que o mundo todo se detinha, morria por séculos inteiros em seu redor, e uma noite longa, milenar, se estendia sobre tudo...

Ou, então, era como se retornasse aos anos ternos e serenos de sua primeira infância, com sua alegria radiante, uma felicidade inexaurível, o primeiro e doce espanto diante da vida, com enxames de espíritos luminosos que voavam de cada florzinha que ele colhia, brincavam com ele no prado fértil e verdejante diante de uma casinha circundada de acácias, sorriam para ele do lago cristalino e infinito, à beira do qual ele passava horas a fio sentado, ouvindo as ondas se quebrarem uma sobre a outra, e farfalhavam as asas em seu redor, salpicando amorosamente sonhos irisados e luminosos em seu pequeno berço, quando sua mãe, inclinada sobre ele, o benzia com o sinal da cruz, o beijava e o embalava nas noites longas e imperturbáveis com uma suave canção de ninar. Mas nisso de repente foi aparecendo uma criatura que incutia nele um terror que nada tinha de infantil, que instilava o primeiro veneno lento da dor e das lágrimas em sua vida; sentia de modo confuso que um velho desconhecido mantinha em seu poder todos os seus anos futuros, e, tremendo, não conseguia desviar dele os olhos. O velho malvado o seguia por toda parte. Espreitava-o de cada moita do pequeno bosque e enganosamente lhe acenava com a cabeça, ria, caçoava dele, encarnava em cada boneca da criança, fazendo caretas e dando gargalhadas em seus braços, como um gnomo malvado e detestável; instigava cada um de seus impiedosos companheiros de escola contra ele ou, quando se sentava com a garotada no banco escolar, ficava à espreita sob cada letra de sua cartilha e lhe fazia caretas. Depois, na hora de dormir, o velho maligno se sentava à sua cabeceira... Ele afugentou os enxames de espíritos luminosos que farfalhavam ao redor de seu berço com suas asas de ouro e safira, afastou dele para sempre sua pobre mãe e por noites inteiras punha-se a sussurrar-lhe ao ouvido uma história fantástica, comprida, incompreensível para o coração de uma criança, mas que o perturbava e atormentava com um terror e uma paixão que nada tinham de infantil. Mas o velho maligno não ouvia nem seus soluços nem suas súplicas e continuava o tempo todo falando, até o momento em que ele, entorpecido, perdia a consciência. Depois o menino de repente acordou homem feito; anos inteiros haviam se passado sem que ele visse e percebesse. De repente se deu conta de sua real situação, de repente

começou a compreender que era uma pessoa solitária e estranha a todo mundo, que estava sozinho num canto alheio, em meio a uma gente misteriosa e suspeita, a inimigos que se juntam e ficam o tempo todo cochichando pelos cantos de seu quarto escuro e fazendo sinais para uma velha acocorada junto ao fogo, que aquecia suas mãos velhas e decrépitas, apontando-as para ele. Sentia-se ansioso e inquieto; queria saber de tudo, que gente era aquela e por que estava ali, por que ele próprio estava nesse quarto, e desconfiou de que havia se metido em algum covil escuro de bandidos, atraído por alguma coisa poderosa, mas desconhecida, sem ter antes examinado quem e que espécie de gente eram os inquilinos e quem exatamente eram seus senhorios. Essa suspeita começava a atormentá-lo — e de repente, em meio à escuridão noturna, de novo começou a ouvir uma história longa e sussurrada, e uma velha, balançando tristemente sua cabeça branca e grisalha diante do fogo que agonizava, começou a contá-la para si mesma numa voz baixa, quase inaudível. Mas o terror voltou a tomar conta dele: a história se encarnava em rostos e formas diante dele. Ele via que tudo, desde suas confusas fantasias infantis, todos os seus sonhos e pensamentos, tudo o que havia passado na vida, tudo o que havia lido nos livros, coisas de que já havia se esquecido fazia tempo, tudo se animava, tudo tomava forma, se encarnava, se erguia diante dele em formas e imagens colossais, se movia e enxameava em seu redor; via jardins luxuriantes e encantados se estenderem à sua frente, cidades inteiras sendo constituídas e destruídas diante dele, via cemitérios inteiros lhe enviarem seus mortos,[7]

[7] É possível que esta passagem na descrição do delírio de Ordínov tenha sido inspirada no monólogo do Barão da tragédia O cavaleiro avaro, de Aleksandr Púchkin (cena 2): "De que escurece a lua até os túmulos/ Que se revoltam e expulsam seus mortos". Púchkin, por sua vez, pode ter se inspirado na profecia das bruxas em Macbeth, de Shakespeare. (N da E.)

que começavam a viver de novo, via tribos e povos inteiros que chegavam, nasciam e terminavam seus dias diante de seus olhos, via materializar-se enfim, agora, em torno de seu leito de doente, cada um de seus pensamentos, cada uma de suas fantasias abstratas, materializar-se quase no instante de sua concepção; e, por fim, via que pensava não por ideias abstratas, mas por mundos inteiros, por criações inteiras, via-se turbilhonando como um grão de poeira por todo esse universo infinito, estranho e sem saída, via como toda essa vida, com sua conturbada independência, o esmagava, o oprimia e o perseguia com uma ironia eterna, infinita; sentia-se morrendo, sendo reduzido a pó e a cinza para todo o sempre, sem esperança de ressurreição; queria fugir, mas, em todo o universo, não havia um canto onde pudesse se esconder. Finalmente, num acesso de desespero, reuniu todas as suas forças, soltou um grito e acordou...

Acordou todo banhado de um suor frio, glacial. À sua volta reinava um silêncio mortal; era noite alta. Todavia, teve a impressão de que sua história maravilhosa ainda continuava em algum lugar, de que uma voz rouca realmente contava uma longa história sobre algo que lhe parecia familiar. Ele ouvia falar de florestas escuras, de uns bandidos destemidos, de um jovem audacioso, que só faltava ser o próprio Stiénka Rázin,[8] de alegres barqueiros bêbados, de uma linda menina e da mãe-Volga. Seria isso uma história? estava realmente ouvindo isso? Ficou uma hora inteira deitado de olhos abertos sem mover um só músculo, num torpor torturante. Por fim soergueu-se cautelosamente e com alegria percebeu que a atroz doença não lhe havia exaurido as forças. O delírio havia passado, dando lugar à realidade. Viu que continuava vestido tal como estava quando conversava com Katierina, e

[8] Líder popular russo de origem cossaca, Stiénka Rázin viveu à margem da lei e chefiou um movimento popular que culminou com uma revolta anticzarista em 1671. (N. da T.)

que, portanto, não havia transcorrido tanto tempo desde a manhã em que ela saíra de seu quarto. O fogo da resolução percorreu-lhe as veias. Maquinalmente, pôs-se a procurar com as mãos um prego grande, pregado sabe-se lá por que no alto do tabique, junto ao qual lhe haviam preparado a cama, agarrou-o e, pendurando-se nele com o corpo todo, acabou por alcançar uma fresta, pela qual entrava uma luz quase imperceptível em seu quarto. Encostou os olhos no orifício e ficou olhando, quase sem fôlego, de tão agitado.

Em um canto do quartinho dos senhorios ficava a cama, e diante da cama, coberta com um tapete, uma mesa abarrotada de livros antigos em formato grande, com encadernações que lembravam as dos livros sagrados. No canto havia um ícone, tão antigo quanto o que estava em seu quarto; diante do ícone ardia uma lamparina. O velho Múrin estava deitado na cama, doente, extenuado pelo sofrimento e pálido como um cadáver, enrolado em um cobertor de peles. Tinha um livro aberto sobre os joelhos. Katierina estava deitada num banco ao lado da cama, com a cabeça reclinada sobre o ombro do velho e o braço cingindo-lhe o peito. Fitava-o com um olhar infantil atento, maravilhado, e parecia ouvir com uma curiosidade incontida, morrendo de ansiedade, o que lhe contava Múrin. De vez em quando a voz do narrador se elevava, reanimando seu rosto pálido; franzia as sobrancelhas, seus olhos começavam a brilhar, e Katierina parecia empalidecer de medo e inquietação. Nessa hora algo parecido com um sorriso se esboçava no rosto do velho, e Katierina começava a rir baixinho. Às vezes seus olhos se enchiam de lágrimas; então o velho lhe acariciava ternamente a cabeça, como a uma criança, e ela o abraçava ainda com mais força, com seus braços nus, brilhantes como a neve, e se estreitava ainda mais amorosamente em seu peito.

Por vezes Ordínov achava que isso tudo ainda era sonho, chegou até a acreditar nisso; mas o sangue subiu-lhe à cabeça e as veias, tensionadas, latejaram-lhe dolorosamente nas têmporas. Ele soltou o prego, levantou-se da cama e, cambaleando, tateando o caminho como um lunático, sem que ele próprio compreendesse esse impulso que lhe abrasava o sangue como um verdadeiro incêndio, aproximou-se da porta dos senhorios e a empurrou com força; o ferrolho enferrujado saltou na hora, e ele, com um barulho estrepitoso, foi parar de repente no meio do quarto dos senhorios. Viu que Katierina se sobressaltou e estremeceu toda, que os olhos do velho faiscaram de ódio sob as sobrancelhas pesadamente contraídas e que uma fúria repentinamente desfigurou-lhe todo o rosto. Viu que o velho, sem tirar os olhos de cima dele, procurava às pressas, apalpando, um fuzil pendurado na parede; depois viu brilhar o cano do fuzil, apontado diretamente para o seu peito por uma mão insegura e trêmula de raiva... Ressoou um tiro, em seguida ressoou um grito selvagem, quase inumano, e quando a fumaça se dissipou, o terrível espetáculo deixou Ordínov estarrecido. Com o corpo todo tremendo, inclinou-se sobre o velho. Múrin estava caído no chão; se contorcia em convulsões, com o rosto desfigurado pelo sofrimento e espuma em seus lábios retorcidos. Ordínov intuiu que o infeliz havia tido um ataque de epilepsia dos mais cruéis. Junto com Katierina, precipitou-se a socorrê-lo...

III

Foi uma noite muito agitada. No dia seguinte Ordínov saiu de manhã bem cedo, apesar da fraqueza e da febre, que ainda não o havia abandonado de todo. No pátio tornou a encontrar o porteiro. Desta vez foi o tártaro que, ainda de longe, soerguendo o gorro, lançou-lhe um olhar cheio de curiosidade. Depois, como que refletindo, pôs-se a varrer olhando de esguelha para Ordínov, que se aproximava devagar.

— E então, não ouviu nada esta noite? — interrogou Ordínov.

A senhoria

— Sim, ouvi.

— Quem é esse homem? quem ele é?

— Quem alugou é que deve saber; eu não sei de nada.

— Mas vai ter de falar! — gritou Ordínov fora de si, num acesso doentio de irritabilidade.

— O que foi que eu fiz? A culpa é sua — você assustou os vizinhos. Embaixo mora o fabricante de ataúdes: ele é surdo, mas ouviu tudo, sua mulher também é surda e também ouviu. E no outro pátio, apesar de ser longe, também deu para ouvir — aí está. Vou procurar o inspetor.

— Eu mesmo o farei — respondeu Ordínov e se dirigiu ao portão.

— Faça como bem entender; foi você que alugou... Senhor, senhor, espere!

Ordínov se voltou; o porteiro levou respeitosamente a mão ao gorro.

— O que foi?

— Se você for, vou contar ao senhorio.

— O quê?

— É melhor que se mude.

— Você é um estúpido — proferiu Ordínov e já ia tornando a sair.

— Senhor, senhor, espere! — O porteiro tornou a levar a mão ao gorro e arreganhou os dentes. — Ouça, senhor: ponha a mão na consciência; para que perseguir esse pobre coitado? Perseguir um coitado desse é pecado. Deus não permite, está ouvindo?

— Então ouça você também: toma, pega isso. Pois bem, quem então é esse aí?

— Quem é esse aí?

— Sim.

— Mesmo sem o dinheiro ia dizer.

Nisso o porteiro pegou a vassoura, deu uma, duas vassouradas, depois parou, fitando atentamente Ordínov com um ar grave.

— Você é um senhor de bem. Mas não quer viver com um homem de bem, faça como quiser; é só o que eu digo.

Nisso o tártaro olhou para ele de um modo ainda mais expressivo e, como se estivesse zangado, recomeçou a varrer. Por fim, dando a entender que havia terminado a tarefa, se aproximou de Ordínov de um jeito misterioso e, depois de fazer um gesto bastante expressivo, proferiu:

— Isso é o que ele é!

— O quê? Como?

— Perdeu o juízo.

— O quê?

— Foi para o espaço. É verdade! foi para o espaço! — repetiu ele com um tom de voz ainda mais misterioso. — É doente. Tinha um barco, era grande, e mais um, e um terceiro, percorria o Volga, eu mesmo sou do Volga; tinha também uma fábrica, mas ela pegou fogo, e ele perdeu a cabeça.

— Ele é louco?

— Não!... Não! — respondeu pausadamente o tártaro. — Não é loucura. É um homem inteligente. Sabe tudo, leu muitos, muitos, muitos livros, ele lia e falava tudo para as pessoas, tim-tim por tim-tim. E, aí, alguém chegava: dois rublos, três rublos, quarenta rublos, se não quiser, como queira; ia, olhava o livro, via e dizia toda a verdade. Mas com os cobres em cima mesa, no ato em cima da mesa — sem os cobres, nada feito!

Nisso o tártaro, que havia tomado partido dos interesses de Múrin com um excesso de zelo, se pôs até a rir com gosto.

— O quê, ele fazia feitiço, predizia o futuro para as pessoas?

— Hum... — rosnou o porteiro, acenando ligeiramente com a cabeça —, ele falava a verdade. Ele reza muito, vive rezando a Deus. Se não fosse assim, viveria atacado.

Nisso o tártaro tornou a repetir seu gesto expressivo.

Nesse momento alguém chamou o porteiro do outro pá-

A senhoria

tio, e logo em seguida apareceu um homenzinho baixo, grisalho e encurvado, com um *tulup*[9] de pele. Ia aos tropeções, se lamuriando e olhando para o chão, resmungando algo com seus botões. Podia-se pensar que era um velho gagá.

— O senhorio, o senhorio! — murmurou afobado o porteiro, fez um ligeiro aceno com a cabeça a Ordínov e, tirando às pressas o gorro, correu ao encontro do velhote, cujo rosto pareceu familiar a Ordínov; pelo menos ele o havia encontrado em algum lugar bem recentemente. Ademais, achando que não havia nada de extraordinário nisso, saiu do pátio. O porteiro lhe pareceu ser um vigarista e descarado de marca maior. "O vadio estava era negaceando comigo!" — pensou ele — "sabe Deus o que tem aí!"

Pronunciou isso já na rua.

Pouco a pouco outros pensamentos começaram a invadi-lo. A impressão era desagradável: um dia cinzento e frio, a neve esvoaçava. O rapaz se sentia de novo sacudido por calafrios; sentia também que a terra parecia começar a ondular sob seus pés. De repente uma voz conhecida de tenor, esganiçada e desagradavelmente adocicada desejou-lhe bom-dia.

— Iaroslav Ilitch! — disse Ordínov.

Diante dele estava um homem bem-disposto, de faces coradas, aparentando uns trinta anos, de estatura mediana, olhos melosos acinzentados, sorridente, vestido... como costuma se vestir Iaroslav Ilitch, que lhe estendeu a mão de um jeito bem cordial. Ordínov havia conhecido Iaroslav Ilitch há exatamente um ano do modo mais casual, praticamente na rua. Para essa amizade tão fácil havia contribuído, além do acaso, a extraordinária predisposição de Iaroslav Ilitch a cruzar por todo lado com pessoas de bem e generosas, antes de tudo instruídas e ao menos dignas, pelo talento e pelas boas maneiras, de fazer parte da alta sociedade. Embora Iaroslav Ilitch tivesse uma voz de tenor extremamente adocicada, até

---

[9] *Tulup*: tipo de casaco de pele de carneiro. (N. da T.)

Fiódor Dostoiévski

mesmo nas conversas com os amigos mais sinceros deixava transparecer em seu tom algo de extraordinariamente sereno, potente e imponente e que não aturava delongas de espécie alguma, o que, talvez, fosse uma consequência do hábito.

— Como é possível? — exclamou Iaroslav Ilitch com a mais sincera e exaltada expressão de alegria.

— Estou morando aqui.

— Faz tempo? — continuou Iaroslav Ilitch, com um tom cada vez mais agudo. — E eu que não sabia disso! Mas então somos vizinhos! Agora estou neste distrito.[10] Já está fazendo um mês que retornei da província de Riazan. Não é que o peguei, meu velho e nobilíssimo amigo! — E Iaroslav Ilitch desatou a rir do modo mais bonachão.

— Sierguêiev! — gritou ele com inspiração — me espere lá no Tarássov, e nada de mexer nos sacos sem mim. E mande embora o porteiro do Olsúfiev; diga-lhe para se apresentar imediatamente na repartição. Eu chego em uma hora...

Depois de dar essa ordem a alguém às pressas, o delicado Iaroslav Ilitch pegou Ordínov pelo braço e o levou à taverna mais próxima.

— Não sossegarei enquanto não trocarmos duas palavrinhas a sós, após tão longa separação. E então, como está seu trabalho? — acrescentou ele quase com veneração e abaixando a voz de um jeito misterioso. — Sempre nos estudos?

— Sim, tudo como antes — respondeu Ordínov, ao qual ocorreu uma ideia brilhante.

— É esplêndido, Vassíli Mikháilovitch, esplêndido! — Nisso Iaroslav Ilitch apertou fortemente a mão de Ordínov. — O senhor será o orgulho da nossa sociedade. Queira Deus que o senhor seja bem-sucedido em sua carreira... Meu Deus! Como estou contente por tê-lo encontrado! Quantas vezes me

---

[10] É muito provável que se trate da mesma personagem do conto de Dostoiévski "O senhor Prokhártchin", em que Iaroslav Ilitch também é um funcionário da polícia. (N. da T.)

lembrei do senhor, quantas vezes disse: onde estará o nosso bom, generoso e espirituoso Vassíli Mikháilovitch?

Eles se instalaram em um recinto reservado. Iaroslav Ilitch pediu uma entrada, mandou que lhes servissem vodca e fitou Ordínov com um olhar afetuoso.

— Eu li muito sem o senhor — começou a falar com um tom de voz tímido e meio insinuante. — Li todo o Púchkin...

Ordínov olhou-o distraído.

— É impressionante a representação da paixão humana, senhor. Mas, antes de mais nada, permita-me exprimir-lhe minha gratidão. O senhor fez tanto por mim, iniciando-me com nobreza na visão justa das ideias...

— Ora, por favor!

— Não, permita-me dizer, senhor. Sempre gostei de reconhecer o que é justo e me orgulho de que pelo menos este sentimento não tenha se esmorecido em mim.

— Por favor, o senhor não está sendo justo consigo próprio, e eu, realmente...

— Não, estou sendo inteiramente justo, senhor — replicou Iaroslav Ilitch com uma veemência extraordinária. — O que sou eu em comparação com o senhor? Não é verdade?

— Ora, meu Deus!

— É verdade, senhor...

Nisso fez-se um silêncio.

— Seguindo seus conselhos, rompi com uma porção de conhecidos vulgares e atenuei em parte a vulgaridade dos meus hábitos — recomeçou Iaroslav Ilitch num tom de voz meio tímido e insinuante. — Passo em casa a maior parte do tempo livre, quando não estou trabalhando; à noite leio algum livro útil, e... o meu único desejo, Vassíli Mikháilovitch, é ser útil à pátria, pelo menos à medida da minha capacidade...

— Eu sempre o considerei uma pessoa nobilíssima, Iaroslav Ilitch.

— O senhor me traz sempre um bálsamo... nobre jovem...

Iaroslav Ilitch apertou calorosamente a mão de Ordínov.

— O senhor não está bebendo? — observou, aplacando um pouco sua agitação.

— Não posso; estou doente.

— Doente? Mas, é verdade? Já faz tempo, como, de que modo o senhor se dignou a adoecer? Se quiser, falarei... quem é o médico que está tratando do senhor? Se quiser, falarei agora mesmo com nosso médico particular. Eu mesmo irei vê-lo, pessoalmente. Um homem dos mais habilidosos!

Iaroslav Ilitch já ia pegando seu chapéu.

— Agradeço-lhe muito. Não estou me tratando e não gosto de médicos...

— O que está dizendo? como é possível? Mas essa é uma pessoa das mais habilidosas, das mais instruídas — continuou Iaroslav Ilitch, implorando —, um dia desses — mas permita-me contar-lhe isso, meu caro Vassíli Mikháilovitch —, um dia desses vem vê-lo um pobre serralheiro: "olha só", diz, "cortei a mão com minha ferramenta; cure-me...". Siemión Pafnútitch, vendo que o infeliz estava ameaçado de contrair uma gangrena, tomou a medida de amputar o membro infeccionado. Ele o fez na minha frente. Mas a coisa foi feita de um jeito, com tanta generos... isto é, de modo tão admirável, que, confesso, se não fosse a compaixão pelo sofrimento humano, então teria sido agradável olhar, só por olhar, por curiosidade, senhor. Mas onde e como ficou doente?

— Ao me mudar de apartamento... Acabo de me levantar.

— Mas o senhor ainda está muito enfermo, e não devia sair. De modo que o senhor, então, já não mora no mesmo lugar de antes? Mas o que o induziu?

— Minha senhoria foi embora de Petersburgo.

— Domna Savvichna? Como é possível?... Uma velhinha realmente boa e generosa! O senhor sabe? Eu sentia por ela um respeito quase filial. Alguma coisa de sublime, da época de nossos bisavós, resplandecia naquela vida quase caduca; e ao olhar para ela era como se estivesse vendo diante de si a encarnação dos nossos tempos antigos, majestosos...

A senhoria

quer dizer, disso... há algo nisso, sabe, de quase poético!...
— concluiu Iaroslav Ilitch, todo intimidado e corando até as orelhas.

— É verdade, era uma mulher bondosa.

— Mas, permita-me saber, onde dignou-se o senhor a se instalar agora?

— Perto daqui, no prédio de Kochmárov.

— Eu o conheço. Um velho magnífico! Ouso dizer-lhe que somos quase amigos íntimos. Bendita velhice!

Os lábios de Iaroslav Ilitch estavam quase tremendo de alegria e de comoção. Pediu mais uma taça de vinho e um cachimbo.

— O senhor está alugando diretamente?

— Não, de uns inquilinos.

— Quem são eles? Pode ser que também os conheça.

— Múrin, um burguês; um velho alto...

— Múrin, Múrin; ah, sim, desculpe-me, senhor, fica no pátio dos fundos, sobre o fabricante de ataúdes?

— Isso, isso, bem no pátio dos fundos.

— Hum... o senhor vive com tranquilidade, senhor?

— É que acabo de me mudar.

— Hum... queria apenas dizer, hum... mas, de resto, o senhor não notou nada de especial?

— A verdade...

— Quer dizer, estou certo de que poderá viver bem na casa dele, se estiver satisfeito com a acomodação... nem é disso que estou falando, apresso-me a preveni-lo; mas, conhecendo seu caráter... O que o senhor achou desse velho burguês?

— Parece ser uma pessoa completamente doente.

— Sim, é uma pessoa muito sofrida... Mas o senhor não notou nada de mais? Não conversou com ele?

— Muito pouco; além de não ser nada sociável, é bilioso...

— Hum... — Iaroslav Ilitch ficou pensativo. — Um infeliz! — disse ele, depois de ficar em silêncio.

— Ele?

— Sim, um infeliz e ao mesmo tempo inacreditavelmente estranho e interessante. De resto, se ele não o incomoda... Desculpe-me por chamar a atenção para esse tema, mas eu fiquei curioso...

— E, para dizer a verdade, despertou também a minha curiosidade... Gostaria muito de saber quem é esse tipo. Afinal, eu moro com ele...

— Veja, senhor: dizem que esse homem em outros tempos foi muito rico. Era comerciante, como o senhor, certamente, deve ter ouvido dizer. Por diversas circunstâncias desafortunadas caiu na pobreza; durante uma tempestade, vários de seus barcos afundaram com toda a carga. Uma fábrica, confiada, parece, à direção de um parente próximo e querido, também fora alvo de uma sorte funesta e pegou fogo, sendo que seu próprio parente pereceu nas chamas do incêndio. O senhor há de concordar que foi uma perda terrível! Então Múrin, contam, caiu num estado de desânimo lastimável; começaram a temer por sua razão, e, realmente, em uma disputa com outro comerciante, também proprietário de barcos que navegavam pelo Volga, se revelou repentinamente de um ponto de vista tão estranho e inesperado, que todo o incidente não poderia ser atribuído senão a um profundo transtorno mental, no que também eu estou disposto a acreditar. Ouvi contarem em pormenores algumas de suas esquisitices; enfim, aconteceu de repente uma circunstância muito estranha, fatal, por assim dizer, que não dá para explicar de outro modo, a não ser pela influência hostil de um destino encolerizado.

— Que circunstância? — perguntou Ordínov.

— Dizem que num acesso doentio de loucura atentou contra a vida de um jovem comerciante a quem até então era extremamente apegado. Ficou tão transtornado quando voltou a si depois do acesso que esteve prestes a dar cabo da própria vida: pelo menos é o que contam. Não sei o que exatamente aconteceu depois disso, mas o que se sabe é que passou alguns anos se penitenciando...[11] Mas, o que há com o senhor, Vassíli Mikháilovitch, talvez essa minha narrativa simples o esteja fatigando?

— Oh, não, pelo amor de Deus... O senhor disse que ele esteve se penitenciando; mas ele não é sozinho.

— Não sei, senhor. Dizem que estava sozinho. Pelo menos não havia mais ninguém implicado no caso. E, de resto, não sei o que aconteceu depois; só sei que...

— Diga, senhor.

— Só sei — quer dizer, eu mesmo não teria nada de especial em mente a acrescentar... só quero dizer que, se o senhor encontrar nele algo de estranho e que foge dos padrões comuns das coisas, isso tudo só ocorreu em consequência das desgraças que, uma após outra, se abateram sobre ele...

— Sim, é muito devoto, um santo do pau oco.

— Não acho, Vassíli Mikháilovitch; ele sofreu tanto; me parece puro de coração.

— Mas agora ele não está louco; está com saúde.

— Oh, sim, é verdade; isso eu posso lhe garantir, estou disposto a jurar; está em plena posse de suas faculdades mentais. É apenas, como o senhor justamente notou de passagem, extremamente esquisito e devoto. É um homem até que bastante sensato. Fala com desenvoltura, com audácia e muita astúcia, senhor. Ainda lhe são visíveis no rosto as marcas de sua tormentosa vida passada. É um homem curioso, senhor, e extremamente erudito.

— Pelo que parece, só lê livros sagrados?

— Sim, senhor, é um místico, senhor.

— O quê?

— Um místico. Mas estou lhe dizendo isto em segredo. E em segredo lhe direi ainda que durante um tempo esteve sob

---

[11] A penitência coagida era uma forma de condenação em uso na Rússia czarista e que consistia em um período de oração obrigatório sob controle de autoridade eclesiástica. (N. da T.)

rigorosa vigilância. Esse homem exercia uma influência terrível sobre as pessoas que o procuravam.

— De que tipo?

— Mas o senhor não vai acreditar; veja, senhor: na época ele ainda não vivia aqui no bairro; Aleksandr Ignátitch, um homem de bem, cidadão honrado, que gozava da estima de todos, foi à casa dele com um certo tenente por pura curiosidade. Chegam à sua casa; são recebidos, e o estranho homem começa a olhá-los diretamente no rosto. Costumava fixar o olhar no rosto da pessoa quando consentia em ser-lhe útil; caso contrário, mandava o visitante de volta, e de um modo, dizem, que chegava a ser bastante descortês. Pergunta-lhes ele: o que desejam, senhores? Ora, responde Aleksandr Ignátitch: isso seu dom pode lhe dizer melhor do que nós. Então, diz ele, queira entrar comigo na outra peça; nisso, dos dois, indicou justamente o que tinha necessidade dele. Aleksandr Ignátitch nunca contou o que se sucedeu com ele em seguida, mas saiu de lá pálido como um cadáver. O mesmo aconteceu com uma ilustre senhora da alta sociedade: ela também saiu da casa dele lívida, em prantos e assombrada pela predição e eloquência do velho.

— Estranho. Mas agora ele não se dedica mais a essas coisas?

— Está terminantemente proibido, senhor. Aconteceram casos impressionantes, senhor. Um jovem alferes da cavalaria, flor e esperança de uma família de alta linhagem, ao olhar para ele deixou escapar um risinho. — "Do que está rindo?" — disse o velho, zangado. — "Em três dias você mesmo estará assim!" — e cruzou os braços, insinuando com tal gesto um cadáver, um morto.

— E daí?

— Nem ouso acreditar, mas dizem que a predição se realizou. Ele tem esse dom, Vassíli Mikháilovitch... O senhor teve vontade de rir da minha história ingênua. Sei bem que o senhor é de longe mais instruído que eu; mas eu acredito nele:

não é um charlatão. O próprio Púchkin menciona algo semelhante em suas obras.[12]

— Hum. Não estou querendo contradizê-lo. O senhor disse, me parece, que ele não vive sozinho.

— Eu não sei... com ele vive, parece, uma filha.

— Filha?

— Sim, senhor, ou, parece, sua esposa; eu sei que vive com ele uma mulher. Eu a vi de relance e não prestei atenção.

— Hum. Estranho...

O rapaz ficou pensativo, Iaroslav Ilitch caiu numa terna contemplação. Estava comovido tanto por rever seu velho amigo como por lhe ter contado de modo satisfatório uma coisa interessantíssima. Ficou ali, com os olhos fixos em Vassíli Mikháilovitch e tirando baforadas do cachimbo; mas de repente se levantou de um salto, todo atarantado.

— Passou uma hora inteira, e eu que me esqueci do tempo! Caro Vassíli Mikháilovitch, uma vez mais agradeço ao destino por ter nos reunido, mas tenho de ir-me. O senhor me permite ir visitá-lo em sua douta residência?

— Por favor, me dará um grande prazer. Eu mesmo também irei visitá-lo quando tiver um tempo.

— Posso acreditar nessa boa notícia? Ficar-lhe-ei muito grato, indizivelmente grato. O senhor não pode imaginar o prazer que me proporcionará!

Saíram da taverna. Sierguêiev já vinha a toda ao encontro deles e rapidamente informou a Iaroslav Ilitch que Vilm Iemieliánovitch se dignaria a passar. De fato, na avenida surgiu uma parelha de fogosos cavalos baios atrelados a uma elegante calechezinha. Particularmente magnífico era o extraor-

---

[12] É possível que Iaroslav Ilitch tenha em mente, aqui, não apenas os motivos "misteriosos" das obras do poeta (como, por exemplo, no conto "A dama de espadas"), mas também fatos meio legendários da biografia de Púchkin, como visitas a cartomantes ou o uso de um anel-talismã. (N. da E.)

A senhoria

dinário cavalo atrelado fora do arreio. Iaroslav Ilitch apertou, quase como um torno, a mão de seu melhor amigo, levou a mão ao chapéu e correu ao encontro da carruagem, que vinha a toda. A caminho, voltou-se para trás umas duas vezes e acenou com a cabeça para Ordínov, num gesto de despedida.

Ordínov sentia um tal cansaço, um tal esgotamento por todo o corpo, que a custo arrastava as pernas. De qualquer modo, conseguiu chegar em casa. No portão, tornou a encontrar o porteiro, que estivera observando diligentemente toda a cena de despedida de Iaroslav Ilitch e que ainda de longe lhe fizera um sinal convidativo. Mas o jovem não lhe deu atenção. À porta do apartamento se chocou violentamente com uma figura grisalha e baixa que saía de cabeça baixada do apartamento de Múrin.

— Meu Deus, perdoe meus pecados! — murmurou a figura, saltando para o lado com a elasticidade de uma rolha.

— Não o machuquei?

— Não, senhor, agradeço-o humildemente pela atenção... Oh, Senhor, Senhor!

Gemendo, lamuriando-se e murmurando com seus botões alguma coisa edificante, o humilde homenzinho desceu cautelosamente as escadas. Era o senhorio do prédio, por causa do qual o porteiro havia se assustado tanto. Só então Ordínov lembrou que o havia visto pela primeira vez aqui mesmo, na casa de Múrin, quando se mudou para o apartamento.

Sentia-se irritado e abalado; sabia que sua imaginação e sua impressionabilidade estavam excitadas ao extremo, e decidiu não confiar em si próprio. Aos poucos foi caindo num estado de torpor. Alojava-se-lhe no peito um sentimento penoso e opressivo. Doía-lhe o coração, como se estivesse todo em chagas, e tinha a alma toda repleta de lágrimas reprimidas e inexauríveis.

Tornou a se deixar cair na cama que ela havia preparado para ele e de novo se pôs a escutar. Ouvia duas respirações: uma pesada, doentia, intermitente, e outra suave, mas irregular e parecendo também excitada, como se lá batesse um coração com o mesmo anseio, a mesma paixão que ele sentia. Às vezes ouvia o fru-fru de seu vestido, o rumor de seus passos leves e silenciosos, e até esse rumor de seus pés ecoava em seu coração como uma dor surda, mas torturantemente doce. Por fim lhe pareceu ouvir um soluço, um suspiro inquieto e, finalmente, de novo sua oração. Ele sabia que ela estava ajoelhada diante do ícone, contorcendo as mãos num desespero frenético!... Mas quem é ela? Por quem está rezando? Que paixão irremediável é essa que lhe aflige o coração? Por que ela sofre tanto, se angustia e derrama lágrimas tão ardentes e desesperadas?...

Começou a se lembrar de suas palavras. Tudo o que ela lhe havia dito ressoava-lhe ainda nos ouvidos como uma música, e seu coração se abandonava amorosamente a cada lembrança, a cada palavra dela devotadamente repetida, com uma palpitação pesada e surda... Por um instante chegou a ocorrer-lhe que isso tudo não havia passado de um sonho. Mas nesse mesmo instante sentiu todo o seu ser sucumbir a uma angústia paralisante, quando a impressão de sua respiração ardente, de suas palavras, de seu beijo tornou a se estampar em sua imaginação. Ele fechou os olhos e adormeceu. Em algum lugar um relógio bateu as horas; estava ficando tarde; o crepúsculo começava a cair.

De repente lhe pareceu que ela estava de novo inclinada sobre ele, que o fitava nos olhos com seus olhos deslumbrantemente claros, úmidos de lágrimas, que resplandeciam uma alegria serena e radiante, calmos e límpidos como a infinita abóbada turquesa do céu em um tórrido meio-dia. Seu rosto irradiava uma serenidade tão solene, seu sorriso esboçava uma tal promessa de beatitude infinita, e ela se reclinou sobre o ombro dele com tal compaixão, com uma devoção tão infantil, que de seu peito enfraquecido chegou a escapar um suspiro de alegria. Ela queria lhe dizer alguma coisa; carinhosamente confiou-lhe algo. De novo uma música de partir o

A senhoria

57

coração pareceu golpear-lhe o ouvido. Absorvia avidamente o ar aquecido, eletrizado por sua respiração tão próxima. Angustiado, estendeu os braços, suspirou, abriu os olhos... Ela estava diante dele, inclinada sobre seu rosto, toda pálida, como que de susto, banhada em lágrimas e toda trêmula de emoção. Dizia-lhe alguma coisa, suplicava-lhe algo, torcendo e cruzando os braços seminus. Ele a cingiu num abraço, ela tremia toda contra seu peito...

SEGUNDA PARTE

I

— O que foi? o que há com você? — dizia Ordínov, voltando de vez a si e continuando ainda a estreitá-la num abraço forte e ardente — o que há com você, Katierina? O que há com você, meu amor?

Ela soluçava de mansinho, com a cabeça baixada, ocultando o rosto afogueado contra o peito dele. Tremia toda, como se estivesse assustada, e levou muito tempo ainda para conseguir falar.

— Não sei, não sei — proferiu por fim, com uma voz a custo audível, ofegando e quase sem poder articular as palavras —, não me lembro nem mesmo como é que vim parar aqui... — Nesse instante ela se estreitou a ele ainda mais fortemente, ainda com mais ardor, e tomada por um sentimento convulsivo e irreprimível começou a beijar-lhe os ombros, os braços, o peito; por fim, num gesto de desespero, cobriu o rosto com as mãos e, caindo de joelhos, ocultou-o no colo de Ordínov. E quando ele, sentindo uma angústia indescritível, a soergueu com impaciência e a fez sentar-se a seu lado, seu rosto estava todo incendiado por um brilho de vergonha, os olhos chorosos pediam perdão e o sorriso que forçosamente se lhe insinuava nos lábios tentava a custo abafar a força irreprimível de uma nova sensação. Nesse momento parece que alguma coisa a deixou de novo assustada, desconfiada, repelia-o com a mão, mal o olhava e respondia às suas perguntas atropeladas de cabeça baixa, timidamente e com um murmúrio.

A senhoria

59

— Talvez você tenha tido um sonho ruim — disse Ordínov —, talvez tenha tido alguma visão... foi isso? Talvez *ele* a tenha assustado... Está delirando e inconsciente... Talvez tenha dito alguma coisa que não era para você ouvir?... Você ouviu alguma coisa? Foi isso?

— Não, eu não estava dormindo — respondeu Katierina, reprimindo a custo sua agitação. — Nem sequer senti sono. *Ele* ficou o tempo todo em silêncio e só me chamou uma vez. Fui para junto dele, chamei seu nome, falei com ele; comecei a sentir medo; ele não só não acordou como nem me ouviu. Está gravemente doente, que Deus o ajude! Nessa hora uma angústia começou a invadir-me o coração, uma angústia amargurante! Fiquei o tempo todo rezando, não parei de rezar, e foi isso que me deixou assim.

— Basta, Katierina, basta, minha vida, basta! Foi ontem que você se assustou...

— Não, ontem eu não fiquei assustada!...

— Isso costuma acontecer com você?

— Sim, costuma. — E ela estremeceu toda e tornou a se agarrar a ele, assustada como uma criança. — Está vendo — disse, interrompendo os soluços —, não foi à toa que vim para cá, não foi à toa, estava sendo duro ficar sozinha — repetia, apertando-lhe as mãos em sinal de gratidão. — Chega, então, chega de derramar lágrimas pela dor alheia! Guarde-as para um dia negro, quando você próprio estiver se sentindo sozinho, deprimido, e não houver ninguém com você!... Ouça, já teve uma namorada?

— Não... antes de você, não conheci ninguém...

— Antes de mim... está me chamando de sua namorada?

Olhou de repente para ele, como se estivesse surpresa, quis dizer alguma coisa, mas depois baixou os olhos e permaneceu em silêncio. Aos poucos todo o seu rosto tornou a enrubescer repentinamente, com um rubor flamejante; os olhos brilharam ainda mais vivamente por entre as lágrimas que ainda não haviam secado de todo, esquecidas sob os cílios,

e era evidente que uma pergunta lhe comichava nos lábios. Olhou para ele umas duas vezes com uma malícia pudica e depois de repente tornou a baixar os olhos.

— Não, não cabe a mim ser sua primeira namorada — disse ela —, não, não — repetia, balançando a cabeça, pensativa, enquanto em seus lábios voltava a aflorar um sorriso —, não — disse ela afinal, rindo —, não cabe a mim, meu querido, ser sua namoradinha.

Nesse momento ela deitou-lhe um olhar; mas quanta tristeza de repente se refletia em seu rosto, uma desolação tão irremediável consternou imediatamente cada um de seus traços, seu desespero assomava tão intempestivamente do fundo do coração, que um sentimento mórbido e inexplicável de compaixão por aquele sofrimento desconhecido apoderou-se do ânimo de Ordínov, e ele a fitou com uma expressão de tormento indescritível.

— Ouça o que vou lhe dizer — disse ela, com uma voz de cortar o coração, estreitando as mãos dele nas suas e esforçando-se para sufocar os soluços. — Ouça-me bem, ouça, meu tesouro! Refreie seu coração e trate de não me amar tanto quanto me ama agora. Se sentirá melhor, com o coração mais leve e feliz, e se resguardará de um inimigo cruel, além de ganhar uma irmãzinha amorosa. Virei vê-lo, se você quiser, lhe darei carinho e não me envergonharei de tê-lo conhecido. Fiquei dois dias com você, enquanto esteve de cama com essa doença terrível. Reconheça sua irmãzinha! Não foi à toa que nos confraternizamos, não foi à toa que, com lágrimas, rezei para Nossa Senhora por você! outra igual você não conseguirá arranjar! Nem que der a volta ao mundo, conhecer toda a terra, não conseguirá encontrar outra namorada igual, se é por uma namorada que seu coração clama. Eu o amarei com ardor, continuarei a amá-lo como agora, e o amarei porque sua alma é pura, clara, transparente; porque, assim que o vi pela primeira vez, soube no mesmo instante que você era o hóspede de minha casa, um hóspede desejado, e não foi por acaso que veio bater à nossa porta; o amarei porque, quando você olha, seus olhos exalam amor e falam por seu coração, e quando eles dizem alguma coisa, então no mesmo instante sei tudo o que vai dentro de você, e porque lhe daria a vida em troca de seu amor, lhe daria minha boa liberdadezinha, já que é doce até ser escrava daquele cujo coração encontrei... mas minha vida mesma não é minha, é de um outro, e minha liberdadezinha está acorrentada! Aceite então uma irmãzinha e seja você também um irmão para mim, e acolha-me em seu coração quando a angústia, o mal cruel, tornarem a desabar sobre mim; mas faça de um modo que não tenha de envergonhar-me de vir aqui e de passar longas noites com você, como agora. Você me ouviu? Abriu o coração para mim? Compreendeu o que lhe disse?... — Ia dizer mais alguma coisa, lançou-lhe um olhar, pôs-lhe a mão no ombro e acabou se deixando cair sem forças sobre seu peito. A voz se lhe embargou num soluço convulsivo e apaixonado, seu peito arfava profundamente, e seu rosto ficou púrpuro, como o pôr do sol.

— Minha vida! — sussurrou Ordínov, com a vista enevoada e quase sem fôlego. — Alegria de minha vida! — dizia ele, sem reconhecer as próprias palavras, sem se recordar delas, sem compreender a si mesmo, tremendo de medo de destruir o encanto com um único sopro, de destruir tudo o que estava acontecendo com ele, e que mais lhe parecia uma visão do que realidade: a tal ponto tudo havia se enevoado diante dele! — Eu não a conheço, não a compreendo, não me lembro do que acabou de me dizer, minha razão está se turvando, o coração me dói no peito, minha soberana!...

Nisso sua voz ficou de novo embargada de emoção. Ela se estreitou a ele ainda mais fortemente, ainda mais calorosa e ardentemente. Ele se levantou e, sem poder mais se conter, debilitado, esgotado pela excitação, caiu de joelhos. Os soluços enfim começaram a prorromper de seu peito convulsivamente, com dor, e sua voz, que irrompia diretamente do co-

A senhoria 63

ração, vibrou como uma corda com toda a plenitude de um entusiasmo e de uma beatitude nunca antes experimentados.

— Quem é você, quem é você, meu tesouro? De onde você vem, minha pombinha? — disse ele, se esforçando para sufocar os soluços. — De que firmamento você veio para o meu céu? Só pode ser um sonho; não posso acreditar que você exista. Não me repreenda... deixe-me falar, deixe-me dizer-lhe tudo, tudo!... Fazia tempo que queria falar... Quem é você, quem é você, alegria da minha vida?... Como encontrou meu coração? Conte-me, faz tempo que é minha irmãzinha?... Conte-me tudo sobre você, onde esteve até agora — conte-me como se chama o lugar onde vivia, pelo quê você primeiro se apaixonou lá, o que a deixava alegre e o que a angustiava?... O ar lá era cálido, era límpido o céu?... Quem eram seus entes queridos, quem a amou antes de mim, para quem lá foram os primeiros suspiros de sua alma?... Você teve uma mãe querida, e ela a acalentou quando era pequena ou, como eu, foi sozinha apresentada à vida? Diga-me, você sempre foi desse jeito? Com o que sonhava, o que previa para o futuro, o que se realizou e o que não se realizou para você, diga-me tudo... Por quem gemeu pela primeira vez seu coração de menina e a troco de que o entregou? Diga, então, o que devo lhe dar para tê-lo, o que devo lhe dar para ter você?... Diga-me, meu amorzinho, minha luz, minha irmãzinha, diga-me como posso eu merecer seu coração?...

Nisso ficou de novo com a voz embargada e baixou a cabeça. Mas, quando ergueu os olhos, um terror mudo o deixou todo enregelado e arrepiado no mesmo instante.

Katierina estava sentada, pálida como cera. Olhava para o vácuo, imóvel, com os lábios lívidos como os de um cadáver e os olhos velados por um sofrimento mudo, torturante. Ela se levantou devagar, deu dois passos e, com um grito lancinante, se deixou cair diante do ícone... Palavras entrecortadas e desconexas escapavam-lhe do peito. Perdeu os sentidos. Ordínov, completamente abalado pelo terror, a ergueu e a levou à sua cama; ficou de pé diante dela, fora de si. Passado um minuto, ela abriu os olhos, soergueu-se na cama, lançou um olhar em redor e agarrou-lhe a mão. Atraiu-o para si, esforçando-se para sussurrar alguma coisa com os lábios ainda exangues, mas sua voz ainda continuava a traí-la. Acabou se debulhando num mar de lágrimas; as gotas ardentes queimavam a mão enregelada de Ordínov.

— Estou sofrendo, sofrendo muito agora, minha derradeira hora está chegando! — proferiu ela por fim, torturada por uma angústia irremediável.

Esforçou-se para dizer mais alguma coisa, mas, com a língua paralisada, não conseguiu pronunciar uma única palavra. Ela olhava desesperada para Ordínov, que não a compreendia. Ele se inclinou, chegando mais perto dela, para tentar ouvir... Afinal a ouviu murmurar nitidamente:

— Sou uma corrompida, me corromperam, me arruinaram!

Ordínov ergueu a cabeça e a fitou com um assombro selvagem. Um pensamento hediondo ocorreu-lhe à mente. Katierina percebia a mórbida e convulsiva crispação de seu semblante.

— Sim! Corromperam-me — continuava ela —, um homem malvado me corrompeu —, é *ele* o meu corruptor!... Vendi-lhe minha alma... Por que, por que foi mencionar minha mãe? por que tinha você de me torturar? Que Deus, que Deus seja o seu juiz!...

Por um instante se pôs a chorar em silêncio; o coração de Ordínov palpitava e padecia de uma angústia mortal.

— Ele diz — sussurrou ela com uma voz contida e misteriosa — que, quando morrer, então voltará para buscar minha alma pecadora... Sou dele, eu lhe vendi minha alma... Ele me torturava, lia para mim nos livros... Aqui está, olha, olha o livro dele! olha aqui o livro dele. Ele diz que eu cometi um pecado mortal. Olha, olha...

E ela lhe mostrava um livro; Ordínov não tinha reparado de onde ela o havia tirado. Pegou maquinalmente o livro, todo manuscrito, como os antigos livros cismáticos,[13] que ele já antes tivera a oportunidade de ver. Mas agora não estava em condições de olhar e de concentrar sua atenção em qualquer outra coisa. O livro caiu-lhe das mãos. Abraçou Katierina em silêncio, tentando fazê-la recobrar a razão.

— Chega, chega! — dizia — a deixaram assustada; estou aqui com você; repouse comigo, querida, meu amor, minha luz!

— Você não sabe de nada, de nada! — dizia ela, apertando-lhe as mãos com força. — Sempre fui assim!... Tenho medo de tudo... Chega, chega de me torturar!...

— Então vou vê-lo — começou ela um minuto depois, retomando fôlego. — Tem vez que só com suas palavras ele me enfeitiça, outras vezes pega seu livro, o maior, e lê sobre mim. Lê sempre coisas tão ameaçadoras, severas! Não sei o quê e não são todas as palavras que compreendo; mas o medo se apodera de mim, e quando ouço com atenção sua voz, então é como se não fosse ele falando, mas um outro, uma criatura do mal, que não se pode abrandar de jeito nenhum, que não se pode induzir a perdoar de jeito nenhum, e eu sinto um peso tão grande no coração, mas tão grande, que chega a queimar... Um peso maior do que quando havia começado a angústia!

— Não vá vê-lo! Então por que ir vê-lo? — disse Ordínov, mal se dando conta de suas palavras.

— Por que vim vê-lo? Pergunte — também não sei... E ele não para de me dizer: reza, reza! Tem vez que me levanto na calada da noite e fico rezando por muito tempo, por horas a fio; muitas vezes o sono me vence; mas o medo sempre desperta, me desperta sempre, e sempre é como se nessa hora à

---

[13] Referência aos livros sagrados anteriores à reforma da cerimônia religiosa em 1653. Introduzida pelo patriarca Nikon com o objetivo de fortalecer a Igreja, a reforma resultou num movimento sociorreligioso que levou ao Cisma na Igreja Ortodoxa russa. (N. da T.)

minha volta estivesse se formando uma tempestade, como se fosse me dar mal, como se uma gente malvada fosse me despedaçar e me dilacerar, como se não pudesse conseguir o perdão dos santos e eles não me salvassem de uma dor atroz. Minha alma se dilacera, como se meu corpo todo quisesse se debulhar em lágrimas... Nesse momento recomeço a rezar, e rezo, rezo até a hora em que a Nossa Senhora me olha do ícone com mais amor. Então eu me levanto e caio na cama como uma morta; tem vez que adormeço no chão, ajoelhada diante do ícone. E aí, se acontece de ele acordar, me chama e se põe a me afagar, me acariciar, me consolar, e então eu já começo a me sentir melhor, e pode vir a desgraça que for, com ele não tenho mais medo. Ele é poderoso! Sua palavra é sublime!

— Mas que dor, que dor é essa que você sente?... — E Ordínov torcia as mãos de desespero.

Katierina ficou terrivelmente pálida. Olhava para ele como uma condenada à morte sem esperança de perdão.

— Minha dor?... sou uma filha maldita, uma criminosa; minha mãe me amaldiçoou! Arruinei a vida de minha própria mãe!...

Ordínov a abraçou sem dizer nada. Ela se estreitou a ele tremendo. Ele pôde sentir um tremor convulsivo percorrer todo o corpo dela, como se sua alma estivesse se separando do corpo.

— Eu a sepultei na terra úmida — dizia ela, toda emocionada com suas recordações, completamente entregue às visões de seu passado irrevogável —, fazia tempo que eu queria falar, ele vive me proibindo com súplicas, com censuras e palavras de desdém, mas tem hora em que ele próprio fomenta minha angústia, como se fosse meu inimigo e adversário. E tudo — como hoje à noite —, tudo me vem à mente... Ouça, ouça! Isso aconteceu já há muito, muito tempo, nem mesmo me lembro quando, mas me lembro de tudo como se tivesse sido ontem, como se fosse o sonho que tive ontem, que me atormentou o coração a noite inteira. A angústia encom-

A senhoria

prida duas vezes o tempo. Sente-se, sente-se aqui perto de mim: eu lhe contarei toda a minha dor; sou maldita, liberte-me da maldição materna... Eu lhe confio a minha vida...

Ordínov queria detê-la, mas ela juntou as mãos, suplicando-lhe, em nome do seu amor, para ouvi-la, e depois, ainda mais emocionada, recomeçou a falar. Sua narrativa era desconexa, em suas palavras se podia sentir a tormenta que lhe ia na alma, mas Ordínov compreendia tudo, mesmo porque a vida dela havia se tornado a sua própria vida, a dor dela — sua dor, e mesmo porque seu inimigo já estava bem visível diante dele, a cada palavra dela se materializava e crescia diante de seus olhos, e era como se, com uma força inexaurível, lhe oprimisse o coração e escarnecesse de sua cólera. Seu sangue se agitava, afluía ao coração e baralhava-lhe os pensamentos. O velho maligno de seu sonho (disso Ordínov estava certo) encontrava-se em carne e osso diante dele.

— Era uma noite como esta — começou a falar Katierina —, só que mais ameaçadora, e o vento uivava na nossa floresta como eu nunca antes tinha ouvido... e foi já nessa noite que começou minha perdição! O carvalho sob a nossa janela havia se quebrado, e um velho mendigo, muito velho, grisalho, veio à nossa casa e disse que se lembrava desse carvalho de quando ainda era bem criança, e que ele já era do mesmo jeito que quando o vento o abateu... Nessa mesma noite — como me lembro de tudo agora! —, os barcos de meu pai haviam sido destruídos pela tormenta no rio, e ele, apesar de abatido por uma enfermidade, foi para o local assim que os pescadores chegaram correndo à nossa fábrica para avisar. Minha mãezinha e eu ficamos sozinhas, eu cochilei, ela estava triste por algum motivo e chorava amargamente... eu bem sabia por quê! Ela havia andado doente, estava pálida e via me dizendo para ir lhe preparando a mortalha... De repente, à meia-noite, ouvimos uma batida ao portão; levantei-me de um salto, o sangue afluiu-me ao coração; minha mãezinha deu um grito... nem me voltei para vê-la, tive medo, peguei a lanterna e fui eu mesma abrir o portão... Era *ele*! Comecei a ficar com medo, mesmo porque eu sempre sentia medo quando ele vinha, e isso já desde pequena, até onde chega minha lembrança! Na época ele ainda não tinha cabelos brancos; sua barba ainda era negra como o azeviche, os olhos brilhavam como brasas, e até esse momento não havia me olhado uma vez sequer com ternura. Ele perguntou: "sua mãe está em casa?". Torno a fechar o portão, digo que "meu pai não está em casa". Ele disse: "eu sei" — e de repente me olhou, olhou de um jeito... era a primeira vez que me olhava assim. Fui andando, mas ele continua parado. "Por que não vem?" — "Estou pensando numa coisa". Já estávamos entrando na sala. "E por que você disse meu pai não está em casa quando perguntei, sua mãe está em casa?" Eu me calo... Minha mãe ficou gelada — correu ao seu encontro... ele mal olhou para ela — eu via tudo. Estava ensopado, tremendo de frio: a tormenta o havia perseguido por vinte verstas — mas de onde vinha e por onde andava nem eu nem minha mãe nunca sabíamos; fazia já nove semanas que não o víamos... jogou o gorro, tirou as luvas — diante do ícone não reza, os donos da casa não cumprimenta — e foi se sentar perto do fogo...

Katierina passou a mão pelo rosto, como se alguma coisa a oprimisse e a atormentasse, mas um minuto depois tornou a erguer a cabeça e recomeçou:

— Ele se pôs a falar com minha mãe em tártaro. Minha mãe falava, eu não entendia uma palavra. Da outra vez que ele veio me mandaram sair; mas dessa vez minha mãe não ousou dizer uma palavra à sua própria criatura. O maligno havia comprado minha alma, e eu, exultante comigo mesma, fitava minha mãezinha. Vejo que estão me olhando, falando de mim; ela começou a chorar; vejo que ele tira a faca, e não era a primeira vez, não fazia muito tempo que havia tirado a faca em minha presença quando falava com minha mãe. Levantei-me e me agarrei ao seu cinto, queria arrancar dele aquela faca imunda. Ele rangeu os dentes, deu um grito e quis me

A senhoria

rechaçar — golpeou-me no peito, mas não conseguiu me repelir. Pensei, é agora que eu morro, com a vista toldada, caio no chão — mas não soltei um grito. Olho, com todas as forças que me restavam para ver, ele tira o cinto, arregaça a manga do braço com que me havia golpeado, retira a faca e a entrega a mim: "Toma, corte-o fora, divirta-se com ele tanto quanto a ofendi, e eu, menina orgulhosa, por isto me curvarei até o chão diante de você". Pus a faca de lado: o sangue começou a me sufocar, não olhei para ele, lembro que sorri, sem descerrar os lábios, e olho diretamente para os olhos tristonhos de minha mãezinha, olho ameaçadoramente, mas sem que aquele riso desavergonhado me abandonasse os lábios; e minha mãe continua sentada, pálida como um cadáver...

Ordínov ouvia sua narrativa desconexa com grande atenção; mas, passada a primeira efusão, a excitação dela foi aos poucos se assentando; seu jeito de contar ficou mais tranquilo; a angústia da pobre mulher se dispersava por todo o mar infinito de recordações que a arrebatava completamente.

— Ele pegou o gorro sem se despedir. Tornei a pegar a lanterna para acompanhá-lo no lugar de minha mãe, que, mesmo doente, queria ir atrás dele. Chegamos ao portão: em silêncio, abri-lhe a cancela e afugentei os cachorros. Fico olhando — ele tira o chapéu e faz-me uma reverência. Vejo que leva a mão ao peito, tira da algibeira uma caixa vermelha, de marroquim, afasta o fecho; olho: são pérolas graúdas — um presente para mim. "Nos arrabaldes" — diz —, "tenho uma linda jovem, era uma homenagem a ela, mas não será a ela que levarei; aceite, linda menina, acalente sua beleza, nem que seja para esmagá-las sob seus pés, mas aceite-as." Aceitei, mas esmagar com os pés não queria, não queria dar-lhe essa honra toda, mas aceitei, como uma víbora, sem dizer uma palavra a respeito. Entrei e a coloquei sobre a mesa diante de minha mãe — fora para isso que a havia pego. Minha mãe ficou em silêncio por um instante, toda lívida, como se tivesse medo de falar comigo. "O que é isso, Kátia?" E eu respondo: "É para você, mamãe, foi o comerciante que trouxe, não faço nem ideia". Vejo lágrimas brotando-lhe dos olhos, faltava-lhe a respiração. "Não é para mim, Kátia; não é para mim, filha malvada, não é para mim." Lembro que ela falou com tanta amargura, mas tanta amargura, como se tivesse a alma toda transbordando em lágrimas. Ergui os olhos, queria me jogar a seus pés, mas de repente o maldito soprou: "Está bem, não é para você, deve ser para o papai; entregarei a ele, se retornar; direi: uns comerciantes vieram, a mercadoria esqueceram...". Como ela, minha mãezinha, chorou nesse momento... "Eu mesma lhe direi que comerciantes eram esses que estiveram aqui e atrás de que mercadoria vieram... E vou lhe dizer de quem você é filha, sua bastarda! De agora em diante você não é mais minha filha, é uma víbora! Você é minha maldita criação!" Fico em silêncio, sem conseguir derramar uma lágrima... ah! era como se tudo tivesse morrido dentro de mim... Fui para o meu quartinho no sótão e fiquei aquela noite toda ouvindo a tempestade, e sob o rumor da tempestade ia pondo em ordem meus pensamentos.

— Enquanto isso transcorreram cinco dias. E eis que numa tarde, cinco dias depois, chega meu pai, taciturno e ameaçador, e ademais no caminho a enfermidade o havia alquebrado. Vejo que está com o braço enfaixado; compreendi que seu inimigo lhe havia atravessado o caminho; e o inimigo o havia extenuado e lançado contra ele a enfermidade. Sabia também quem era o seu inimigo, sabia tudo. Com minha mãe não trocou uma palavra, de mim não perguntou, convocou todo o pessoal, mandou interromper o trabalho na fábrica e proteger a casa de olhos mal-intencionados. No mesmo instante pressenti com o coração que as coisas não iam bem em nossa casa. E aí esperamos, transcorre a noite, também tempestuosa, com tormentas, e a inquietação penetrou-me na alma. Abri a janela — sinto queimar-me o rosto, os olhos lacrimejam, o coração arde inquieto; estava como que em chamas: que vontade tinha de ir embora daquele quarto, para

A senhoria

longe, para o fim do mundo, onde nascem os relâmpagos e a tempestade. Meu peito de menina estava arfante... de repente, tarde já — acho que cochilei, ou então uma névoa caiu sobre minha alma, confundiu-me a razão —, ouço que batem à janela: "Abra!". Olho, um homem havia trepado na janela por uma corda. Reconheci de imediato quem dava-me a honra de sua visita, abri a janela e o deixei entrar em meu quartinho solitário. E era *ele*! Não tirou o gorro, sentou-se no banco, arquejante, respirando a custo, como se estivesse sendo perseguido. Fiquei de pé num canto e bem sei como me senti empalidecer toda. "Está em casa o seu pai?" — "Está" — "E sua mãe?" — "Minha mãe também está em casa." — "Então fique quieta agora; está ouvindo?" — "Estou." — "O que é?" — "Um assobio sob a janela!" — "Pois bem, linda menina, quer agora arrancar a cabeça de seu inimigo, chamar seu paizinho querido, pôr minha alma a perder? De sua vontade de menina não me subtrairia; a corda está aí, amarre-me, caso seu coração a ordene a se defender de um ultraje." Permaneço em silêncio. "E então? fala, alegria da minha vida!" — "O que você quer?" — "Quero me livrar do meu inimigo, despedir-me de uma vez por todas do meu antigo amor e consagrar-me a um novo, jovem como você, linda menina, com toda a minha alma..." Desatei a rir; e nem eu mesma sei como suas palavras impuras puderam atingir meu coração. "Deixe-me então ir lá embaixo, linda menina, pôr à prova meu coração e levar meus cumprimentos aos donos da casa." Eu tremo toda, os dentes batem um no outro e meu coração parece um ferro em brasa. Fui, abri a porta para ele, deixei--o entrar em casa, e apenas na soleira, com um esforço, proferi: "Toma isso! pegue suas pérolas e nunca mais torne a me dar presentes", e em seguida atirei-lhe a caixa.

Nisso Katierina parou para tomar fôlego; em alguns momentos ela empalidecia e tremia como uma folha, em outros o sangue afluía-lhe à cabeça, e agora que havia parado, as faces ardiam-lhe como fogo, os olhos brilhavam por entre as

lágrimas, e a respiração pesada e ofegante lhe fazia arfar o peito. Mas de repente tornou a empalidecer, e sua voz esmoreceu, trêmula de ansiedade e de tristeza.

— Então fiquei só, e foi como se a tempestade me houvesse enlaçado completamente. De repente ouço um grito, ouço os empregados correrem pelo pátio até a fábrica, ouço rumores de vozes: "A fábrica está pegando fogo". Me escondi, todos fugiram de casa; ficamos só minha mãe e eu. Eu sabia que ela estava se despedindo da vida, era o terceiro dia que passava em seu leito de morte, e eu o sabia, filha maldita!... De repente ouço um grito sob a janela de meu quartinho, fraco, como se fosse o grito de uma criança assustada com um sonho, e depois tudo ficou em silêncio. Assoprei a vela, me senti gelar toda, cobri o rosto com as mãos, tinha até medo de olhar. De repente ouço um grito próximo de mim, percebo que as pessoas estão fugindo da fábrica. Debrucei-me à janela: vejo que estão trazendo meu pai morto, ouço que dizem entre si: "Deu um passo em falso e caiu da escada na caldeira escaldante; parece coisa do demônio, que o empurrou para lá". Deixei-me cair sobre a cama; fico à espera, completamente imóvel, e à espera do quê e de quem nem eu sei; só sei que nessa hora sentia um peso sobre mim. Não lembro quanto tempo permaneci nessa espera; lembro que de repente tudo começou a rodar à minha volta, senti a cabeça pesada, os olhos arderem com a fumaça; e eu estava feliz, porque meu fim se aproximava! De repente sinto alguém levantando-me pelos ombros. Olho, o mais que posso ver: ele está todo chamuscado, e seu *caftan*, quente só de apalpar, está fumegante.

— "Foi por você que vim, linda menina; livre-me da desgraça, já que antes à desgraça me lançou; por você levei minha alma à perdição. Não há prece que me possa salvar por esta noite maldita! A menos que oremos juntos!" Ele ria, esse homem malvado! "Mostre-me" — diz ele — "como passar sem ser notado pelo pessoal!" Eu o peguei pela mão e o conduzi atrás de mim. Atravessamos o corredor — eu tinha as chaves comigo —, abri a porta da despensa e lhe mostrei uma janela. E essa janela dava para o jardim. Ele me agarrou com seus braços fortes, me abraçou e saltou comigo a janela. Pusemo-nos a correr de mãos dadas, corremos por muito tempo. Olhamos, a floresta é densa e escura. Ele parou para escutar: "Estamos sendo perseguidos, Kátia! estamos sendo perseguidos, linda menina, e não é nesta hora que havemos de entregar nossa vida! Beije-me, linda menina, em nome do amor e da felicidade eterna!" — "E por que você tem as mãos ensanguentadas?" — "As mãos ensanguentadas, minha querida? dos cachorros de vocês cortei a goela; ladravam demais para um visitante noturno. Vamos!" Começamos de novo a correr; vemos, num atalho, o cavalo de meu pai, as rédeas havia rompido, da estrebaria escapado; obviamente, não queria ser queimado vivo! "Sente-se, Kátia, comigo! Nosso Deus nos enviou ajuda!" Fico quieta. "Ou não quer? pois saiba que não sou nem um pagão, nem um demônio; até farei o sinal da cruz, se quiser", e nisso ele se benzeu. Sentei-me, agarrei-me a ele e me deixei abandonar completamente em seu peito, como se um sono tivesse se apoderado de mim, e quando me dei conta, vi que estávamos diante de um rio muito, muito amplo. Ele apeou, desmontou-me do cavalo e foi até um bambuzal: lá havia ocultado sua barca. Já estávamos sentados. "Agora, adeus, meu bom cavalo, vá trás de um novo dono, os antigos todos o estão abandonando!" Corri para o cavalo de meu pai e o abracei ternamente na despedida. Depois nos sentamos, ele pegou os remos e num relance perdemos as margens de vista. E quando perdemos as margens de vista, olho, ele havia largado os remos e lançava um olhar em torno, por toda a superfície da água.

— "Salve" — proferiu —, "minha mãe, riozinho tempestuoso,[14] que dessa gente de Deus mata a sede, e a mim mata

---

[14] O Volga é o maior rio da Europa. Ele corta sinuosamente toda a Rússia central, na direção do ocidente para o oriente, e sempre foi um im-

a fome! Vamos, diga-me se protegeu meus bens em minha ausência, se minha mercadoria está intacta!" Fico quieta, com os olhos baixados sobre o peito; as faces, como que em chamas, ardiam-me de vergonha. E ele: "Ainda que ficasse com tudo, impetuoso, insaciável, mas me prometesse proteger e acalentar minha pérola preciosa! Deixe escapar ao menos uma palavrinha, linda menina, brilhe como o sol em meio à tempestade, dissipe com sua luz a noite escura!". Ele fala, mas ele mesmo sorri; seu coração queimava por mim, mas eu, por pudor, não tinha vontade de suportar seus sorrisos; tive vontade de dizer uma palavra, mas me senti intimidada e fiquei quieta. "Então, que assim seja!" — responde ele ao meu tímido pensamento, fala como se lhe doesse, como se a tristeza tivesse se apoderado dele próprio. "Quer dizer, à força não se obtém nada. Que Deus esteja com você, linda menina, minha pombinha, arrogante! Se vê que é grande seu ódio por mim, ou talvez já não pareça tão atraente aos seus olhos brilhantes." Eu ouvia, e estava possuída pelo mal; possuída pelo mal de amor; dominei meu coração e proferi: "se você é atraente ou não, parece que não é a mim que cabe saber, mas, decerto, a uma outra insensata e despudorada, que na escuridão da noite cobriu de vergonha seu quartinho de solteira, vendeu sua alma por um pecado mortal e não soube refrear seu insensato coração; e certamente deve sabê-lo minhas lágrimas ardentes e aquele que furtivamente se gaba da desgraça alheia e zomba do coração de uma menina!". Disse, mas não consegui me conter, comecei a chorar... Ele permaneceu calado, olhou-me de um jeito que comecei a tremer como uma folha. "Agora ouça, linda menina" — diz-me ele, e em

portante meio de transporte. Desde o século XVIII, as margens do Volga serviram de palco para uma série de acontecimentos históricos impetuosos, como a revolta de Stiénka Rázin, em 1671, e a de Pugatchóv, em 1774. Em russo, a palavra rio, "rieká", é feminina, e Múrin refere-se a ele como "mãe", "Volga *mátuchka*", porque ele era carinhosamente assim chamado e cantado nas canções populares russas. (N. da T.)

seus olhos havia um brilho incrível —, "não vou gastar palavras vãs, mas lhe farei uma promessa solene: tanto quanto você me fizer feliz, também eu serei para você um cavalheiro, mas, se vier a deixar de me amar — então não diga nada, não desperdice palavras, não se dê o trabalho, a um simples franzir de suas sobrancelhas bastas e de zibelina, a um piscar de seus olhos negros, a um movimento de seu dedo mindinho, eu lhe restituirei seu amor com sua liberdadezinha dourada; só que nesse instante, minha bela orgulhosa, intolerante, terá fim também a minha vida!" E nessa hora toda a minha carne se regozijou com suas palavras.

Nisso, uma agitação profunda esteve a ponto de interromper a narrativa de Katierina; ela tomou fôlego, sorriu de um novo pensamento que lhe ocorrera e estava para continuar, mas de repente seu olhar cintilante encontrou o olhar inflamado de Ordínov cravado nela. Ela estremeceu, tentou dizer alguma coisa, mas o sangue afluiu-lhe às faces... Cobriu o rosto com as mãos e jogou-se assim sobre o travesseiro, como que sem sentidos. Ordínov estava completamente transtornado! Um sentimento torturante, uma perturbação inconsciente e insuportável se espargia como um veneno por todas as suas veias e crescia a cada palavra da narrativa de Katierina: um anseio desesperado, uma paixão ávida, insuportável, absorvia-lhe os pensamentos, torturava-lhe os sentimentos. Mas, ao mesmo tempo, uma tristeza profunda e irremediável mais e mais lhe confrangia o coração. Havia momentos em que tinha vontade de gritar para Katierina que se calasse, em que tinha vontade de se jogar a seus pés e suplicar-lhe com suas lágrimas que lhe restituísse seus tormentos de amor de antes, seu anseio instintivo e puro de antes, e começou a ter pena de suas lágrimas secas já há tanto tempo. Seu coração sofria, sangrando dolorosamente, sem deixar lágrimas à sua alma ferida. Ele não havia compreendido o que Katierina lhe dizia, e seu amor temia o sentimento que agitava a pobre mulher. Nesse instante amaldiçoou seu amor: ele o sufocava, o torturava, e sentia que em vez de sangue corria-lhe chumbo derretido pelas veias.

— Ah, o que me dói não é isso que estava lhe dizendo agora — disse Katierina, erguendo de repente a cabeça —, não é isso o que me dói — continuou ela, com uma voz que tilintava como o cobre, com um sentimento novo e inesperado, ao mesmo tempo em que toda a sua alma se dilacerava em lágrimas ocultas e desesperadas —, não é isso o que me dói, não é isso o que me martiriza e me deixa inquieta! O que importa minha mãe, ainda que no mundo inteiro não possa arranjar outra mãezinha querida! o que importa que ela me tenha amaldiçoado em sua hora derradeira, fatal! o que importa minha vida dourada de antes, meu quartinho aconchegante, a liberdadezinha de solteira! o que importa que tenha me vendido ao demônio e entregado minha alma a um malfeitor, que em troca da felicidade tenha cometido um pecado mortal! Ah, não é isso o que me dói, ainda que também nisso seja grande minha ruína! Mas o que me amargura e me estraçalha o coração é que sou sua escrava desonrada, é que a própria desonra e vergonha sejam caras a uma desavergonhada como eu, é que seja caro ao meu coração ávido recordar sua dor como se fosse uma alegria e uma felicidade, é isso o que me dói, que não haja nele forças nem indignação pelo ultraje que sofreu!...

A pobre mulher ficou com a respiração presa no peito, e um soluço histérico e convulsivo interrompeu suas palavras. Uma respiração quente, sôfrega, queimava-lhe os lábios, o peito alteava e baixava profundamente, e em seus olhos cintilava uma indignação incompreensível. Mas quanto fascínio dourou-lhe o rosto nesse instante, cada uma de suas linhas, cada um de seus músculos vibrava com um fluxo de sentimento tão apaixonado, com uma beleza tão inaudita e insuportável, que num relance os pensamentos sombrios de Ordínov se esvaneceram e a mais pura tristeza calou-se em seu peito. Seu coração sentia gana de se estreitar ao dela e apaixonadamente perder-se com ele num ímpeto louco de emoção, de começar a bater no mesmo ritmo daquela tempestade, com o mesmo arrebatamento de uma paixão desconhecida e até mesmo morrer com ele. Katierina encontrou o olhar turvado de Ordínov e sorriu de tal modo que uma corrente redobrada de fogo inundou-lhe o coração. Ele ficou quase fora de si.

— Tenha piedade de mim, poupe-me! — sussurrou-lhe ele, retendo sua voz trêmula, e inclinou-se para ela apoiando a mão em seu ombro, fitando-a de perto nos olhos, de tão perto que a respiração deles se fundia numa só. — Você acabou comigo! — Não conheço sua dor, mas minha alma está transtornada... O que me importa saber por que chora seu coração! Diga, o que você quer... eu o farei. Venha então comigo, venha, não me mate, não me deixe morrer!...

Katierina o olhava imóvel; as lágrimas haviam secado em suas faces afogueadas. Queria interrompê-lo, pegou-lhe a mão, queria também dizer alguma coisa, mas era como se não encontrasse palavras. Um sorriso estranho aparecia lentamente em seus lábios, como se um riso varasse esse sorriso.

— Mas acho que ainda não lhe contei tudo — proferiu ela por fim com a voz entrecortada. — Contarei mais; mas você vai, você vai me ouvir, coração ardente? Ouça sua irmãzinha! Parece que você pouco conhece de sua dor cruel! Queria contar como vivi com ele durante um ano, mas não o farei... E, passado um ano, ele partiu rio abaixo com uns companheiros e eu fiquei com sua madrinha a esperá-lo no cais. Espero um mês, outro — e encontrei nos arredores da cidade um jovem comerciante, olhei para ele e me recordei de meus idos anos dourados. — "Irmãzinha adorada!" — diz ele, depois de trocar duas palavras comigo — "Sou o Aliócha, seu prometido, quando éramos crianças nossos velhos nos prometeram em casamento; você me esqueceu, tenta lembrar, sou da sua aldeia..." — "E o que falam de mim na sua aldeia?" — "O boato é que você agiu desonestamente, esqueceu seu pudor virginal e se amigou com um bandido assassi-

A senhoria

no" — disse-me Aliócha, rindo. — "E você dizia o quê de mim?" — "Quis dizer muita coisa assim que cheguei aqui" — e sentiu o coração em alvoroço —, "tive vontade de dizer muita coisa, mas, agora, foi só pôr os olhos em você, para minha alma se deixar entorpecer; você acabou comigo!" — diz. — "Então compre também minha alma, pegue-a, nem que seja para caçoar do meu coração, do meu amor, linda menina. Eu agora sou órfão, sou dono da minha vida, também minha alma me pertence, e a mais ninguém, não a vendi a ninguém, como uma pessoa que apagou sua memória, mas nem seria preciso comprar meu coração, eu o daria de graça, e, evidentemente, isso é coisa que se arranja!" Comecei a rir; e não foi uma ou duas vezes que falou — passa um mês inteiro nesse lugar, absolutamente só, abandonou suas mercadorias, dispensou seu pessoal. Comecei a sentir pena de suas lágrimas de órfão. Foi então que lhe disse certa manhã: "Aliócha, espere-me no cais, mais lá embaixo, assim que anoitecer: vou com você para a sua aldeia! estou farta de minha malfadada vida!". E eis que chegou a noite, fiz uma trouxa, e minha alma começou a doer, a se agitar dentro de mim. Vejo meu senhor entrar de imprevisto, inesperadamente. "Boa noite; venha comigo; está se armando uma tempestade no rio, e o tempo não espera." Eu o segui; chegamos ao rio, mas para alcançar nosso pessoal teríamos de atravessar um longo trecho; olhamos: um barco com um remador conhecido sentado nele, como se estivesse esperando alguém. "Boa noite, Aliócha, que Deus o guarde! O que foi? chegou atrasado no cais, ou está com pressa para reunir seus barcos? Faça-me o favor, meu bom homem, de levar-me, com minha patroinha, até onde estão meus homens; meu barco, eu o deixei partir, e de ir a nado não sou capaz." — "Sentem-se" — disse Aliócha, e senti toda minha alma desfalecer quando ouvi sua voz. — "Sente-se com sua patroinha; o vento é para todos, e também em meu barco terá lugar para vocês." Sentamo-nos; era uma noite escura, as estrelas estavam encobertas, o vento começou

a uivar, as ondas se encresparam e estávamos a uma versta de distância da margem. Ficamos todos os três em silêncio.

— "Uma tempestade!" — disse o meu senhor. — "E não pressagia nada de bom. Desde que nasci, nunca cheguei a ver no rio um temporal como esse que está se formando agora! É muito peso para o nosso barco! com os três, não vai aguentar!" — "É verdade, não vai aguentar" — respondeu Aliócha —, "e um de nós parece que está a mais"; diz, mas sua voz mesmo vibra como uma corda. "E então, Aliócha, quando o conheci, você ainda era uma criança de colo, para o seu querido pai eu era como um irmão, partilhamos o pão e o sal — diga-me, Aliócha, alcançaria a margem sem o barco ou desapareceria a troco de nada, levando sua alma à perdição?" — "Não alcançaria! E você, bom homem, a hora é adversa, se lhe tocar também beber um pouco d'água, a alcançaria ou não?" — "Não a alcançaria; seria o fim de minha pobre alma, não poderia resistir ao rio tempestuoso! Agora ouça você, Katierínuchka, minha pérola preciosa! — Lembro-me de uma noite igual a esta, só que daquela vez as ondas não se encresparam, as estrelas cintilavam e a lua brilhava... Quero lhe perguntar, assim, só por perguntar, está lembrada?" — "Eu me lembro" — disse eu... — "E assim como não a esqueceu, também não há de ter se esquecido do pacto, de como um homem corajoso ensinou uma linda menina a se reapropriar de sua liberdadezinha se o deixasse de amar — hein?" — "Não, também disso não me esqueci" — digo, mais morta que viva. — "Ah, não se esqueceu! então veja que agora estamos numa situação difícil no barco. Não terá chegado a hora de um de nós? Diga, querida, diga, minha pombinha, arrulhe para nós, como os pombos, sua resposta terna..."

— Não dei então minha resposta! — sussurrou Katierina, pálida... Não chegou a terminar.

—Katierina! — ressoou sobre eles uma voz surda, rouca.

Ordínov estremeceu. À porta estava Múrin. Enrolado de qualquer jeito em um cobertor de pele, pálido como a morte, olhava para eles com um olhar quase enlouquecido. Katierina foi ficando cada vez mais pálida e também o olhava imóvel, como que encantada.

— Venha comigo, Katierina! — sussurrou o doente com uma voz quase inaudível e saiu do quarto. Katierina continuava com o olhar fixo no espaço, como se o velho ainda estivesse diante dela. Mas de repente o sangue instantaneamente afogueou-lhe as faces pálidas e ela lentamente se levantou da cama. Ordínov se lembrou do primeiro encontro.

— Então até amanhã, lágrimas minhas! — disse ela, com um estranho sorriso. — Até amanhã! Lembre-se em que ponto parei: "Escolha um dos dois: de quem você gosta e de quem não gosta, linda menina!". Vai se lembrar, esperar uma noite? — repetiu ela, pondo as mãos nos ombros dele e olhando-o com ternura.

— Katierina, não vá, não arruíne sua vida! Ele é louco! — sussurrou Ordínov, que tremia por ela.

— Katierina! — ressoou a voz do outro lado do tabique.

— O que foi? acha que ele vai me trucidar? — respondeu Katierina, rindo. — Uma boa-noite para você, meu coração adorado, meu pombo exaltado, meu querido irmão! — disse ela, estreitando-lhe ternamente a cabeça ao peito, enquanto lágrimas banhavam-lhe de repente as faces. — São minhas últimas lágrimas. Deixe adormecer sua dor, meu querido, amanhã você despertará feliz. — E o beijou apaixonadamente.

— Katierina! Katierina! — sussurrou Ordínov, caindo de joelhos a seus pés e tentando detê-la. — Katierina!

Ela se voltou, fez-lhe um aceno com a cabeça, sorrindo, e saiu do quarto. Ordínov a ouviu entrar no quarto de Múrin; conteve a respiração para poder escutar; mas não ouviu mais um som sequer. O velho estava em silêncio, ou talvez tivesse de novo perdido os sentidos... Teve vontade de ir lá, para junto dela, mas as pernas não o sustinham... Sentiu-se debilitado e se sentou na cama...

A senhoria

83

II

Quando despertou, levou um tempo para se dar conta da hora. Estava raiando o dia ou caindo a noite; no quarto ainda estava completamente escuro. Não conseguia atinar quanto tempo exatamente havia dormido, mas sentia que seu sono havia sido um sono doentio. Ao voltar a si, passou a mão pelo rosto, como que para afugentar o sono e as visões noturnas. Mas, quando foi pôr os pés no chão, teve a sensação de que seu corpo estava inteiro quebrado, seus membros exaustos se recusavam a obedecê-lo. Doía-lhe a cabeça, sentia tonturas, e ligeiros calafrios alternados com ondas de calor percorriam-lhe todo o corpo. Com a consciência recobrou também a memória, e sentiu estremecer-lhe o coração ao reviver por um instante a lembrança de toda a noite anterior. O coração começou a bater-lhe com força em resposta a esta evocação, e era uma sensação tão abrasadora e viva, que parecia ter passado não uma noite, longas horas, mas um minuto desde a saída de Katierina. Teve a sensação de que as lágrimas em seus olhos ainda não haviam secado — ou seriam lágrimas novas, frescas, que brotavam de sua alma incandescente como de uma fonte? E — que coisa incrível! — seus suplícios chegavam a ser-lhe doces, embora sentisse profundamente, com todo o seu ser, que não poderia mais suportar uma tal violência. Houve um momento em que chegou a pressentir a presença da morte e estava pronto a acolhê-la como a um hóspede desejado: essas impressões o deixaram tão tenso, sua paixão ao despertar tornou a fervilhar com um ímpeto tão vigoroso, apoderando-se de sua alma com tanto entusiasmo, que sua vida, acelerada por essa atividade febril, parecia estar prestes a se romper, a se destruir, a num átimo reduzir-se a cinzas e extinguir-se para sempre. Quase nesse mesmo átimo, como que em resposta à sua angústia, em resposta aos tremores de seu coração, ressoou — como uma música interior, familiar à alma humana nas horas de alegria de viver, nas horas de felicidade serena — a voz conhecida, grave e argêntea de Katierina. Perto dele, ao seu lado, quase à sua cabeceira, soou uma canção, de início tímida e melancólica... A voz ora se alçava, ora decaía, esmorecendo convulsivamente, como se se dissolvesse em si mesma, acalentando ternamente em seu coração angustiado o tormento inquietante de um desejo reprimido, insaciável e irremediavelmente secreto; ora tornava a se derramar como o trinado de um rouxinol e, toda trêmula, acesa por uma paixão já incontrolável, se derramava num imenso mar de êxtase, num mar de sons poderosos e infinitos, como o primeiro instante de beatitude do amor. Ordínov distinguia até a letra: ela era singela, sincera, composta há muito tempo por um sentimento direto, calmo, puro e transparente. Mas ele a havia esquecido, entendia apenas sons isolados. O estilo simples e ingênuo da canção trazia-lhe à mente outras palavras, que ressoavam com todo o anseio que lhe enchia o peito, fazendo eco aos meandros mais recônditos de sua paixão, por ele mesmo desconhecidos, que lhe ressoavam claramente, com perfeita consciência dela. E ora parecia-lhe ouvir o último gemido de um coração irremediavelmente sucumbido à paixão, ora a alegria de uma vontade e de um espírito que rompera seus grilhões e se precipitava livre e radiante no mar infinito de um amor irrefreável; ora parecia-lhe ouvir a primeira jura de sua amada, com o pudor capitoso do primeiro rubor em suas faces, com súplicas, com lágrimas, com sussurros tímidos e misteriosos; ora o desejo de uma bacante orgulhosa e feliz por seu poder, sem véus, sem mistérios, revirando os olhos inebriantes com um sorriso fulgente...

Ordínov não pôde esperar o fim da canção e se levantou da cama. O canto cessou no mesmo instante.

— Um bom dia e uma boa tarde transcorreram, desejo meu! — ressoou a voz de Katierina — boa noite para você! Levante-se, venha aos nossos aposentos, desperte para a alegria serena; estamos esperando por você, meu senhor e eu somos gente de bem, submissa à sua vontade; apague seu ódio com amor, caso seu coração ainda sofra com a ofensa. Diga uma palavra gentil!...

Ordínov havia saído de seu quarto já ao primeiro chamado dela e mal se deu conta de que estava entrando no de seus senhorios. A porta abriu-se diante dele e, radiante como o sol, viu brilhar o sorriso dourado de sua deslumbrante senhoria. Nessa hora, ele não via nem ouvia ninguém além dela. Imediatamente, toda a sua vida, toda a sua alegria se fundiram em uma única coisa em seu coração — a imagem luminosa de sua Katierina.

— Dois crepúsculos se passaram — disse ela, estendendo-lhe as mãos — desde que nos despedimos; o segundo está se extinguindo agora, dê uma olhada pela janela. Como se fossem os dois crepúsculos da alma de uma linda menina — proferiu Katierina rindo —, um, que lhe faz enrubescer as faces ao primeiro pudor, quando seu coração solitário de menina se manifesta pela primeira vez em seu peito, e o outro quando a linda menina esquece seu primeiro pudor, arde como uma chama, sufoca o peito virginal e afugenta para o rosto o sangue róseo... Entre, entre em nossos aposentos, meu bom rapaz! O que faz parado à soleira? Honra e amor para você, e a saudação do dono da casa!

Com uma risada sonora como uma música, pegou Ordínov pela mão e o introduziu no quarto. A timidez penetrou em seu coração. Toda a chama, todo o incêndio que lhe ardia no peito como que se reduziu a cinzas, se apagou num instante e por um único instante; confuso, ele baixou os olhos e teve medo de olhá-la. Sentia que estava tão deslumbrantemente bela que seu coração não poderia suportar seu olhar ardente. Nunca ainda havia visto assim sua Katierina. O riso e a alegria pela primeira vez resplandeciam em seu rosto e haviam secado as lágrimas tristes em seus cílios negros. Sua mão tremia na mão dela. E se ele tivesse levantado os olhos, então teria visto que Katierina, com um sorriso triunfante, tinha os olhos luminosos cravados em seu rosto ofuscado pela confusão e pela paixão.

— Levante-se, velho! — disse ela enfim, como se só agora caísse em si — diga uma palavra de boas-vindas ao nosso hóspede. Um hóspede que é como um irmão de verdade! Levante-se, velhote arrogante, soberbo, levante-se, saúda nosso hóspede, pegue-o por suas mãos brancas, faça-o sentar-se à mesa!

Ordínov ergueu os olhos e só então pareceu cair em si. Só então pensou em Múrin. Os olhos do velho, como que apagados por uma angústia agonizante, estavam cravados nele; e com um aperto na alma ele se lembrou desse olhar, que, assim como agora, da vez anterior faiscava de cólera e de angústia por debaixo das sobrancelhas hirsutas, negras e contraídas. Sentiu uma leve vertigem. Lançou um olhar em torno e só então compreendeu tudo com clareza, nitidamente. Múrin ainda permanecia deitado em sua cama, mas estava parcialmente vestido e parecia já ter se levantado e saído naquela manhã. Tinha um lenço vermelho envolvendo-lhe o pescoço, como antes, e sapatos nos pés. Era evidente que a enfermidade havia passado, apenas seu rosto ainda continuava terrivelmente pálido e amarelo. Katierina estava de pé ao lado da cama, com a mão apoiada sobre a mesa, e observava os dois atentamente. Mas o sorriso acolhedor não lhe abandonava o rosto. Tudo parecia acontecer sob seu comando.

— Ah, sim! É você — disse Múrin, soerguendo-se e sentando-se na cama. — Você é meu inquilino. Sou culpado diante de você, senhor, cometi um pecado e o ofendi, nem eu sei bem como, fiz uma besteira no outro dia com o fuzil. Quem ia saber que você também sofre do mal-caduco? Também acontece comigo — acrescentou ele com uma voz rouca, enfermiça, franzindo o cenho e desviando sem querer os olhos de Ordínov. — O mal chega e entra furtivamente, sem bater à porta, como um ladrão. Eu, outro dia, por pouco não lhe finquei uma faca no peito... — acrescentou ele, acenando com a cabeça na direção de Katierina. — Eu sou doente, a crise me ataca, bem, já lhe disse o suficiente! Sente-se — será nosso convidado!

Ordínov ainda continuava a fitá-lo, imóvel.

— Sente-se de uma vez, sente-se! — gritou o velho, impaciente — sente-se, se é do gosto dela! Veja só, tornaram-se irmãos, uterinos! Estão enamorados, como dois amantes!

Ordínov se sentou.

— Olha só que irmãzinha — continuou o velho, caindo na risada e mostrando suas duas fileiras de dentes brancos e perfeitos, sem exceção. — Podem trocar carícias, meus queridos! Não acha sua irmãzinha uma formosura, senhor? diga, responda! Olha lá como ela está com as faces afogueadas. Dê só uma olhada, renda homenagem a esta beleza diante do mundo inteiro! Mostre que seu coração zeloso sofre por ela!

Ordínov arqueou as sobrancelhas e lançou ao velho um olhar de ódio. Este chegou a estremecer com seu olhar. Uma fúria cega começava a fermentar no peito de Ordínov. Com uma espécie de instinto animal, pressentiu que tinha ao seu lado um inimigo mortal. Não conseguia nem mesmo compreender o que se passava com ele, a razão se recusava a servi-lo.

— Não olhe! — ressoou uma voz atrás dele. Ordínov se voltou para olhar.

— Não olhe, não olhe, estou dizendo, mesmo que o demônio o instigue, tenha piedade da sua amada — dizia Katierina, rindo, e de repente tapou-lhe os olhos por detrás com as mãos; depois as retirou imediatamente e cobriu o próprio rosto. Mas o rubor de suas faces parecia varar por entre seus dedos. Ela retirou as mãos e, ardendo toda como o fogo, tentou enfrentar serenamente e sem temor o riso e o olhar curioso deles. Mas ambos a fitavam em silêncio — Ordínov, como se estivesse atordoado de amor, como se fosse a primeira vez que uma beleza tão espantosa lhe traspassasse o coração; o velho, atentamente, com frieza. Seu rosto pálido não exprimia nada; apenas seus lábios, lívidos, tremiam ligeiramente.

Katierina aproximou-se da mesa, já sem rir, e começou a tirar os livros, os papéis, o tinteiro, tudo o que havia sobre a mesa, e a pôr tudo sobre o peitoril da janela. Sua respiração era apressada e ofegante, e de vez em quando absorvia sofregamente o ar, como se sentisse o coração oprimido. Seu peito cheio alteava e depois baixava, pesadamente, como uma onda à beira-mar. Ela baixou os olhos, e seus cílios negros como o azeviche reluziram como agulhas pontudas sobre suas faces luminosas...

— Rainha entre as mulheres! — disse o velho.

— Minha soberana! — sussurrou Ordínov, com o corpo todo tremendo. E só caiu em si ao sentir o olhar do velho sobre ele: por um instante esse olhar fulgurou como um raio — ávido, raivoso, friamente desdenhoso. Ordínov chegou a querer se levantar de seu lugar, mas uma força invisível parecia imobilizar-lhe os pés. Tornou a se sentar. Às vezes beliscava a própria mão, como se não acreditasse que aquilo era real. Tinha a impressão de que um pesadelo o sufocava e de que um sono doentio, febril, ainda continuava a pesar-lhe sobre os olhos. Mas, que coisa inacreditável! ele não sentia vontade de acordar...

Katierina tirou da mesa o velho pano de centro, depois abriu a arca, retirou dela uma toalha valiosa, toda bordada de seda brilhante e de ouro, e cobriu com ela a mesa; em seguida pegou no armário um porta-copos antigo, dos tempos de seus bisavós, todo de prata, colocou-o no centro da mesa e desprendeu dele três cálices de prata — para o senhorio, para o convidado e para si; em seguida fitou o velho e o convidado com um olhar grave, quase pensativo.

— Quem de nós é querido por quem ou não é querido? — perguntou ela. — Quem não é querido por alguém, por mim é querido e beberá comigo seu cálice. Mas todos vocês me são queridos, gosto dos dois: então todos devemos beber pelo amor e pela harmonia!

— Beber e os pensamentos negros afogar no vinho! —

A senhoria

89

disse o velho com um tom de voz alterado. — Sirva, Katierina!

— Você também quer que eu o sirva? — perguntou Katierina olhando para Ordínov.

Ordínov lhe estendeu seu cálice em silêncio.

— Esperem! Se alguém tiver um segredo e um pensamento, pois que eles se realizem segundo o seu desejo! — disse o velho erguendo sua taça.

Todos brindaram e esvaziaram seus cálices.

— Vamos agora beber juntos, meu velho! — disse Katierina, dirigindo-se ao senhorio. — Bebamos, se seu coração tem afeto por mim. Bebamos pela felicidade vivida, brindemos pelos anos vividos, brindemos de coração pela felicidade e pelo amor! Peça-me então para servi-lo, se sente o coração arder por mim!

— Seu vinho é forte, minha pombinha, mas você mesma só está umedecendo os beicinhos! — disse o velho, rindo e tornando a lhe estender sua taça.

— Está bem, tomarei uns goles, mas você, beba de uma só vez!... Para que viver arrastando consigo pensamentos tristes, velhote; o coração só faz sofrer com os pensamentos tristes! O pensamento vem da dor, o pensamento chama a dor, e na felicidade se vive sem pensamentos! Beba, meu velho! Afogue seus pensamentos!

— Parece que você tem muita dor acumulada, para se levantar assim contra ela! Parece que está querendo acabar com isso de uma vez, minha pomba branca. Beberei com você, Kátia! E você, senhor, também tem alguma mágoa, se me permite a pergunta?

— O que tenho, guardo para mim — sussurrou Ordínov, sem desviar os olhos de Katierina.

— Ouviu, velhote? Eu também passei muito tempo sem saber quem eu mesma era, não me lembrava, mas chegou a hora em que me lembrei e soube de tudo; com a alma insaciável, revivi tudo o que passou.

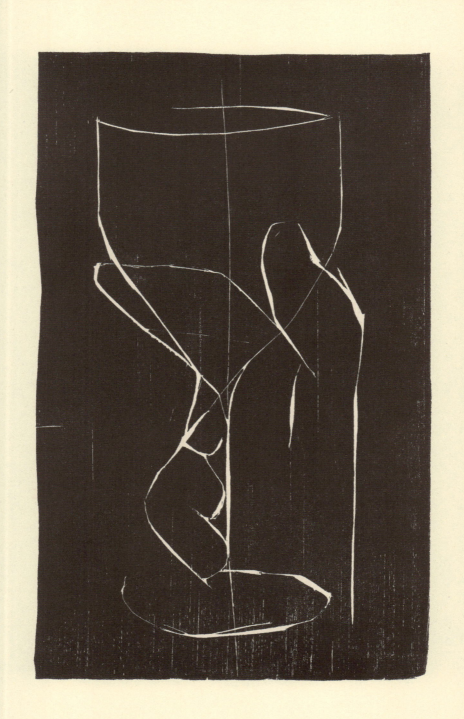

— É, é amargurante quando se começa a viver unicamente do passado — disse o velho, pensativo. — O que passou, é como vinho bebido! De que adianta a felicidade passada? O *caftan* ficou gasto, joga-se fora...

— É preciso um novo! — replicou Katierina, com um riso forçado, enquanto duas grossas lágrimas pendiam como diamantes de seus cílios reluzentes. — Quer dizer, não se pode viver uma vida inteira em um único minuto, e depois, um coração de menina é vivaz, não se deixa levar facilmente. Você sabia, meu velho? Olha, enterrei uma lagrimazinha em sua taça!

— E foi a preço de muita felicidade que comprou sua dor? — disse Ordínov, e sua voz tremia de emoção.

— Parece que você, senhor, tem muito de si mesmo vendido! — respondeu o velho — para se intrometer onde não é chamado. — E soltou uma gargalhada maldosa e sem ruído, olhando insolentemente para Ordínov.

— Vendi pelo que custou — respondeu Katierina com uma voz um tanto descontente e ofendida. — O que para um parece muito, para outro é pouco. Um quer entregar tudo sem ficar com nada, outro não promete nada, e é a ele que segue o coração obediente! E você, nunca censure ninguém — acrescentou ela, olhando para Ordínov com tristeza! —, uma pessoa é de um jeito, a outra não é a mesma pessoa, como se fosse possível saber por que uma alma anseia por um e não por outro! Encha sua taça, velho! Beba-a toda pela felicidade de sua filha amada, sua escrava dócil, submissa, como ela era no início, quando nos conhecemos. Erga a sua taça!

— Que assim seja! Encha também a sua! — disse o velho, pegando o vinho.

— Espere, meu velho! não beba ainda, deixe-me antes dizer uma palavra!...

Katierina apoiou os cotovelos sobre a mesa e, com um olhar ardente e apaixonado, fitava o velho fixamente nos olhos. Uma estranha determinação brilhava em seu olhar.

Mas todos os seus movimentos eram inquietos, os gestos nervosos, inesperados e rápidos. Era como se ela toda estivesse em chamas, e isso se dava de um jeito maravilhoso. Era como se essa agitação e animação acentuassem sua beleza. De seus lábios entreabertos por um sorriso, exibindo duas fileiras de dentes brancos e regulares como pérolas, escapava uma respiração impetuosa, que lhe dilatava ligeiramente as narinas. O peito estava agitado; sua trança de três voltas sobre a nuca caía-lhe meio negligentemente sobre a orelha esquerda e cobria uma parte de suas faces afogueadas. Um leve suor brotava-lhe nas têmporas.

— Leia-me a sorte, velho! Leia-me a sorte, meu querido, leia antes de afogar de todo a razão; toma minha mão branca! Pois não é à toa que nossa gente o chamava de bruxo. Você estudou nos livros e conhece qualquer escrita de magia negra! Então olha, velhote, conte-me toda a minha miserável sina; mas olhe lá, não minta! Pois bem, diga o que você mesmo sabe — encontrará sua filha a felicidade, ou você não a perdoará e chamará sobre seu caminho apenas uma sorte adversa e aflitiva? Diga, será aconchegante o canto onde farei meu ninho ou, como uma ave migradora, terei de passar o resto da vida órfãzinha, buscando meu lugar entre gente de bem? Diga quem é meu inimigo, quem está pronto a me dar amor, quem está tramando meu mal? Diga, terá meu coração jovem e fogoso de passar a vida toda na solidão até enlanguescer para sempre, ou encontrará seu par e começará a bater de alegria em harmonia com ele... até uma nova dor! Adivinha de uma vez por todas, velhote, onde, em que céu azul, para além de que mares e florestas vive meu falcão fulgente,[15] e é com olhos vigilantes que está à espreita de sua companheira, é com amor que me espera, me amará perdidamente, dei-

[15] Referência à história popular russa *Finist, o falcão fulgente*, em que o falcão entra no quarto de sua amada e se revela um belo rapaz. (N. da T.)

A senhoria

xará logo de me amar, me enganará ou não enganará? E por último, meu velhote, diga-me tudo de uma vez por todas, ainda é muito longo o tempo que você e eu temos para matar juntos, para passar nesse canto inóspito, a ler livros obscuros; e quando é, meu velho, que poderei fazer-lhe uma profunda reverência, despedir-me em boa hora, agradecer pelo pão e pelo sal, por ter-me dado de beber e de comer, contado histórias?... Bem, veja lá, diga toda a verdade, não minta; chegou a hora, defenda-se!

Sua excitação foi aumentando mais e mais até a última palavra, quando, de repente, sua voz é embargada pela emoção, como se um turbilhão lhe arrebatasse o coração. Seus olhos lampejaram, e o lábio superior tremia ligeiramente. Podia-se perceber que em cada uma de suas palavras serpeava e se ocultava uma zombaria cruel, mas era como se em seu riso ressoasse o pranto. Ela se inclinou para o velho por cima da mesa e, com uma atenção ávida, cravou o olhar em seus olhos enevoados. Ordínov ouviu o coração dela começar de repente a palpitar quando se calou; soltou um grito de exaltação ao olhá-la e estava para se levantar do banco. Mas um olhar ligeiro e fulminante do velho tornou a fincá-lo no lugar. Uma estranha mistura de desprezo, zombaria, inquietação impaciente e irritadiça e, ao mesmo tempo, de curiosidade malévola e maliciosa transparecia nesse olhar ligeiro e fulminante, que a cada vez fazia Ordínov estremecer e a cada vez enchia--lhe o coração de bílis, despeito e de uma raiva impotente.

Pensativo, o velho olhava para a sua Katierina com uma curiosidade triste. Seu coração havia sido ferido, as palavras haviam sido proferidas. Mas nem mesmo a sobrancelha se moveu em seu rosto! Quando ela terminou, ele se limitou a sorrir.

— Você quer saber coisas demais de uma só vez, meu filhote de passarinho emplumado, minha rolinha de asas agitadas! Encha-me depressa a taça até a borda; bebamos primeiro pela reconciliação e por nossa boa vontade; senão, com o olho grande e impuro de alguém, deito a perder meu desejo. O demônio é poderoso! o caminho do pecado é curto!

Ergueu a taça e a esvaziou. Quanto mais vinho bebia, mais pálido ficava. Seus olhos estavam vermelhos como brasa. Era evidente que seu brilho febril e a repentina lividez cadavérica de suas faces prenunciavam a iminência de um novo ataque de sua doença. O vinho era encorpado, tanto que com um único cálice os olhos de Ordínov foram se turvando cada vez mais. Seu sangue febrilmente inflamado não podia resistir por mais tempo: inundava-lhe o coração, turvava-lhe e baralhava-lhe a razão. Sua inquietação aumentava sempre mais e mais. Para atenuar sua excitação crescente, se serviu e tomou mais um gole, sem saber ele mesmo o que fazia, e o sangue começou a correr-lhe ainda mais rapidamente pelas veias. Era como se estivesse delirando e, mesmo concentrando toda a sua atenção, mal conseguia seguir o que se passava entre seus estranhos senhorios.

O velho bateu sonoramente com o cálice de prata sobre a mesa.

— Encha-o, Katierina! — gritou ele. — Encha mais, filhinha malvada, encha até transbordar! Põe o velho para dormir em paz, e aí chega dele! Isso mesmo, encha mais, encha, minha bela! Vamos beber juntos! Por que você bebeu tão pouco? Ou fui eu que não reparei...

Katierina lhe respondia algo, mas Ordínov não conseguia ouvir o quê exatamente: o velho não a deixou terminar; ele a agarrou pela mão, como se já não tivesse forças para conter tudo o que lhe oprimia o peito. Seu rosto estava pálido; os olhos, num momento se turvavam, no seguinte flamejavam como um fogo vivo; os lábios descorados tremiam, e com a voz irregular e perturbada, fazendo por instantes vibrar uma exaltação estranha, ele lhe disse:

— Dê-me sua mãozinha, minha bela! deixe-me ler a sua sorte, direi toda a verdade. Eu sou realmente um feiticeiro; pois é, você não se enganou, Katierina! é verdade o que dis-

se seu coraçãozinho de ouro, que sou seu único feiticeiro, e que dele, que é simples e ingênuo, não ocultarei a verdade! Mas há uma coisa que você não compreendeu: não cabe a mim, um feiticeiro, ensiná-la a viver e a raciocinar! A razão não é um capricho para uma menina, que ouve toda a verdade e é como se nada soubesse, nada entendesse! Sua própria cabeça é uma serpente astuta, mesmo quando o coração se afoga em lágrimas! Por si mesma encontrará seu caminho, passará rastejando em meio à adversidade, preservará sua vontade astuta! Ora vencerá com a inteligência, e ora, onde não vencer com a inteligência, estonteará com sua beleza, com seus olhos negros inebriará a inteligência — a beleza quebra a resistência; mesmo um coração de ferro se fende ao meio! E, ainda, se deverá esperar a tristeza em sua afliçãozinha? É profunda a tristeza humana! Mas a dor não frequenta o coração fraco! A dor se apresenta ao coração forte, sem fazer alarde se funde com lágrimas de sangue e não pede licença às pessoas de bem para sua doce desonra: já a sua dor, minha menina, é como uma pegada na areia, que a chuva lava, o sol seca, o vento impetuoso arrasa, varre! E deixe-me dizer mais, fazer-lhe um feitiço: àquele que de você se enamorar, você o seguirá como uma escrava, por si mesma tolherá sua liberdadezinha, a entregará em penhor, e já não poderá mais recobrá-la; quando chegar a hora, não conseguirá se desapaixonar a tempo; semeará um grão, mas seu corruptor tomará em troca uma espiga inteira! Minha doce criança, cabecinha de ouro, você sepultou em meu cálice uma perolazinha de lágrima, e por causa dela não se conteve, cem derramou no mesmo instante, desperdiçou palavrinhas graciosas e se gabou com pena de sua cabecinha! E por ela, por uma lagrimazinha, uma gota de orvalho celeste, não havia necessidade de se afligir nem de se lamentar! Ela refluirá a você com vantagem, sua perolazinha de lágrima, numa noite longa, numa malfadada noite, quando começar a corroê-la uma afliçãozinha cruel, um pensamentozinho impuro — então,

A senhoria

sobre seu coração ardente, tudo por causa dessa mesma lagrimazinha, pingará a lágrima de um outro, e não uma lágrima cálida, mas de sangue, como que de chumbo fundido; queimará seu seio branco até sangrar, e até a manhã melancólica e sombria que chega com os dias de tempo ruim, você se debaterá em seu pobre leito, seu sangue escarlate gotejando, e sem ver curada sua ferida recente até a manhã seguinte! Sirva mais vinho, Katierina, sirva, minha pombinha, sirva-me por este sábio conselho; e também não há por que prosseguir desperdiçando palavras...

Sua voz se enfraqueceu e começou a tremer: os soluços pareciam prestes a irromper de seu peito... Ele se serviu outro cálice de vinho e o tomou avidamente; depois tornou a bater com o cálice sobre a mesa. Seu olhar turvo se acendeu uma vez mais como uma chama.

— Ah! viva como quiser viver! — gritou ele. — O que passou, passou, um peso a menos para os meus ombros! Sirva-me, sirva mais, ofereça-me mais um cálice transbordando, para arrancar dos ombros essa cabecinha turbulenta e entorpecer toda a alma! Põe-me para dormir por uma noite longa, mas sem manhã, para que a memória se apague para sempre. O que foi bebido, foi vivido! Quer dizer, o comerciante tem uma mercadoria sobrando, encalhada, ele a entrega por uma pechincha! Mas esse comerciante não a venderia por livre e espontânea vontade abaixo de seu preço, não só se derramaria o sangue inimigo como correria também o sangue inocente e esse freguês ainda por cima arruinaria sua pobre alma! Sirva, sirva-me mais, Katierina!...

Mas a mão com que segurava a taça ficou como que paralisada e não se movia; respirava pesadamente e com dificuldade, a cabeça tombou-lhe involuntariamente. Pela última vez fixou seu olhar turvado em Ordínov, mas também esse olhar acabou por se esmorecer, e caíram-lhe as pálpebras, como se fossem de chumbo. Uma palidez mortal se espalhou por seu rosto... Por algum tempo seus lábios continuaram a se mexer e a estremecer, como se ainda se esforçasse para pronunciar alguma coisa — e de súbito uma lágrima quente e grossa, suspensa em seus cílios, caiu e rolou lentamente por suas faces pálidas... Ordínov já não tinha mais forças para suportar isso. Ele se pôs de pé e, cambaleando, deu um passo à frente, aproximando-se de Katierina, e a agarrou pelo braço; mas ela sequer voltou para ele o olhar, como se não tivesse reparado nele, como se não o tivesse reconhecido...

Ela também parecia ter perdido a consciência, parecia completamente absorvida por um único pensamento, por uma ideia fixa. Atirou-se sobre o peito do velho que dormia, cingiu-lhe o pescoço com seu braço branco e ficou fitando-o imóvel, com um olhar ardente e inflamado, como se estivesse presa a ele. Era como se nem se desse conta de que Ordínov a segurava pelo braço. Por fim voltou a cabeça para ele e lançou-lhe um olhar longo e penetrante. Parecia que ela finalmente o havia compreendido, e um sorriso de pesar e de espanto, de fazer pena, como se fosse de dor, assomou-se-lhe aos lábios...

— Vá embora, vá — murmurou ela —, você é bêbado e malvado! Você não é meu hóspede!... — Nisso ela se voltou de novo para o velho e tornou a se prender a ele com os olhos.

Era como se espreitasse cada suspiro dele e velasse seu sono com o olhar. Era como se ela mesma sentisse medo de respirar e refreasse seu coração incandescente. E havia uma adoração tão alucinada em seu coração, que um desespero, uma raiva e um ódio incontido apoderaram-se imediatamente da alma de Ordínov...

— Katierina! Katierina! — chamava ele, apertando-lhe o braço como que num torno.

Uma sensação de dor atravessou o rosto dela; tornou a erguer a cabeça e a olhar para ele com uma tal expressão de escárnio, de tão insolente desprezo, que ele a custo conseguiu se manter de pé. Depois apontou-lhe o velho dormindo — como se todo o ar de escárnio de seu inimigo tivesse se trans-

A senhoria

ferido para os olhos dela — e fitou de novo Ordínov com um olhar dilacerado, glacial.

— O quê? Por acaso ele vai me matar? — proferiu Ordínov, fora de si de raiva.

Era como se seu demônio lhe tivesse sussurrado ao ouvido que ele a havia entendido... E todo o seu coração se pôs a rir da ideia fixa de Katierina...

— Eu a comprarei, minha bela, de seu comerciante, já que minha alma precisa de você! Como se ele pudesse me matar!...

Um riso imóvel, que Ordínov sentia mortificar todo o seu ser, não abandonava o rosto de Katierina. Aquele escárnio sem fim lhe dilacerava o coração. Fora de si, quase que em estado de inconsciência, ele apoiou a mão na parede e tirou de um prego uma faca antiga e preciosa do velho. No rosto de Katierina pareceu refletir-se uma expressão de assombro; mas era como se ao mesmo tempo a raiva e o desprezo se refletissem pela primeira vez em seus olhos com tanta intensidade. Ao olhar para ela, Ordínov se sentiu desfalecer... Sentia como se alguém extirpasse, impelisse sua mão desorientada a cometer uma insensatez; retirou a faca... Katierina, imóvel, com a respiração como que suspensa, seguia seus movimentos...

Ele lançou um olhar para o velho...

Nesse momento teve a impressão de que um dos olhos do velho se abria lentamente e, rindo, se fixava nele. Seus olhos se encontraram. Por alguns instantes, Ordínov ficou olhando-o imóvel... De repente teve a impressão de que o rosto todo do velho se pusera a rir e que uma gargalhada diabólica, assassina, glacial ressoou enfim pelo quarto. Um pensamento medonho e hediondo arrastou-se como uma serpente em seu cérebro. Começou a tremer; a faca caiu-lhe das mãos e tilintou no chão. Katierina soltou um grito, como se despertasse de um sonho, de um pesadelo, de uma visão fixa penosa... O velho levantou-se da cama lentamente, pálido,

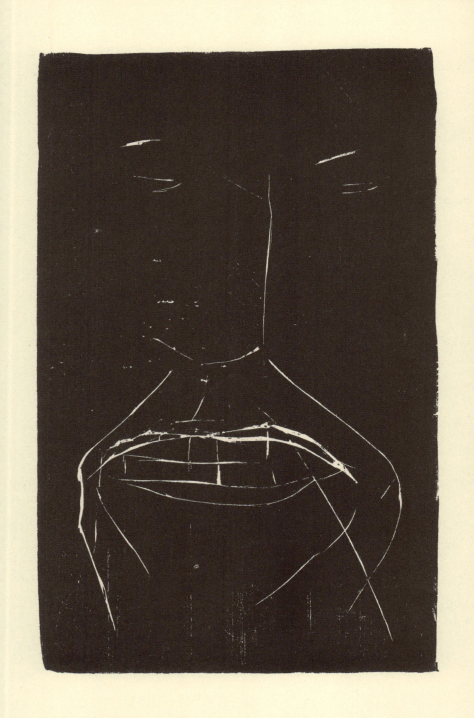

e cheio de rancor chutou a faca para um canto do quarto. Katierina continuava de pé, pálida, lívida, imóvel; com os olhos fechados; sinais de uma dor surda e insuportável imprimiam-se convulsivamente em seu rosto; ela o cobriu com as mãos e, com um grito lancinante, caiu quase exânime aos pés do velho...

— Aliócha! Aliócha! — escapou-lhe do peito oprimido...

O velho a cingiu com seus braços poderosos, quase esmagando-a contra seu peito. Mas, quando ela ocultou a cabeça sobre seu coração, cada traço do rosto do velho se pôs a rir com um riso tão insolente, descarado, que Ordínov sentiu todo o seu ser tomado de horror. Embuste, cálculo, uma tirania fria e ciumenta e terror sobre um pobre coração despedaçado — foi o que ele percebeu nesse riso descarado que agora se escancarava...

III

Quando, por volta de oito horas da manhã do dia seguinte, Ordínov, pálido e alarmado, ainda atordoado pelas emoções do dia anterior, abriu a porta do apartamento de Iaroslav Ilitch, para onde viera, aliás, sem nem bem saber por que, recuou, pasmo, e ficou plantado à soleira, ao ver Múrin nos aposentos. O velho estava ainda mais pálido que Ordínov e parecia mal conseguir se aguentar de pé por causa de sua doença; aliás, nem quis se sentar, apesar dos convites todos de Iaroslav Ilitch, contentíssimo com uma tal visita. Iaroslav Ilitch também soltou um grito ao ver Ordínov, mas sua alegria desapareceu quase no mesmo instante, e um certo embaraço de repente o apanhou completamente de surpresa, a meio caminho entre a mesa e a cadeira que estava ao lado. Era evidente que ele não sabia o que dizer, o que fazer, e que estava perfeitamente consciente de toda a inconveniência de tragar seu cachimbinho turco num momento tão delicado, deixando a visita à sua própria conta, e no entanto (tão grande era o seu desconcerto) tirou assim mesmo uma baforada com todas as suas forças e até quase com uma certa inspiração. Ordínov acabou por entrar nos aposentos. Lançou um ligeiro olhar para Múrin. Algo parecido com o sorriso malicioso do dia anterior, e que ainda agora deixava Ordínov tremendo de indignação, perpassou o rosto do velho. Aliás, toda a hostilidade foi dissimulada e desapareceu no mesmo instante, e a expressão de seu rosto assumiu o mais inacessível e reservado aspecto. Fez uma reverência profunda ao seu inquilino... Toda esta cena acabou por reavivar a consciência de Ordínov. Ele fixou o olhar em Iaroslav Ilitch, desejando inteirar-se da situação. Iaroslav Ilitch começou a tremer, hesitante.

— Mas entre, entre — acrescentou por fim — entre, meu caríssimo Vassíli Mikháilovitch, dê-nos a honra de sua presença e põe o selo... sobre todos estes objetos ordinários... — proferiu Iaroslav Ilitch, apontando com a mão um canto do cômodo, fazendo-se rubro como uma papoula, todo embaraçado e confuso pelo fato de sua mais nobre frase ter gorado e malogrado inutilmente, enquanto com grande ruído puxava uma cadeira bem para o meio do cômodo.

— Não o incomodo, Iaroslav Ilitch? queria... em dois minutos.

— Por favor! como se o senhor pudesse incomodar-me, senhor... Vassíli Mikháilovitch! Mas — permita-me oferecer-lhe uma xícara de chá, senhor! Ei! criado!... Estou certo de que o senhor também não recusará mais uma xicrinha!

Múrin acenou com a cabeça, dando assim a entender que não recusaria absolutamente.

Iaroslav Ilitch pôs-se a gritar para o criado que vinha entrando e com extrema severidade exigiu mais três copos, depois se sentou ao lado de Ordínov. Por algum tempo ficou girando a cabeça, como um gatinho de gesso, ora para a direita, ora para a esquerda, de Múrin para Ordínov e de Ordínov para Múrin. Sua situação era realmente desagradável.

A senhoria

Era evidente que queria dizer alguma coisa, realmente delicada, a seu modo de ver, pelo menos para uma das partes. Mas, não obstante todos os seus esforços, decididamente, não conseguia pronunciar uma palavra... Ordínov também parecia estar perplexo. Houve um momento em que ambos de repente começaram a falar ao mesmo tempo... O sinistro Múrin, que os observava com curiosidade, abriu lentamente a boca, pondo à mostra todos os seus dentes, até o último...

— Vim lhe comunicar — disse de repente Ordínov — que, por causa de um incidente dos mais desagradáveis, me vejo forçado a deixar meu alojamento, e...

— Imagine só, que estranha coincidência! — interrompeu-o de repente Iaroslav Ilitch. — Admito que fiquei fora de mim de assombro quando este respeitável senhor comunicou-me hoje pela manhã a sua decisão. Mas...

— *Ele* lhe comunicou? — perguntou Ordínov assombrado, olhando para Múrin.

Múrin cofiou a barba e pôs-se a rir consigo mesmo.

— Sim, senhor — reafirmou Iaroslav Ilitch —, aliás, posso até estar enganado. Mas lhe digo sem hesitar — posso lhe garantir, pela minha honra, que nas palavras deste respeitável homem não houve sequer uma sombra de ofensa ao senhor!...

Nisso Iaroslav Ilitch corou e só a muito custo conseguiu reprimir sua agitação. Múrin, que afinal parecia se divertir a valer com o embaraço do dono da casa e de sua visita, deu um passo à frente.

— Era disso que falava, vossa excelência — começou ele, inclinando-se polidamente para Ordínov —, tomei a liberdade de incomodar um pouco sua excelência por conta do senhor... Isto é, em suma, senhor, acontece — como o senhor mesmo sabe — eu e minha patroa, quer dizer, faríamos muito gosto, de coração, e nem nos atreveríamos a dizer palavra... mas o senhor mesmo sabe que vida é a minha, o senhor mesmo está vendo, meu senhor! Na verdade, só o Senhor mesmo para velar por nossa vida, é por isso que oramos à Sua santa vontade; senão, o senhor mesmo vê, senhor, o que me restaria fazer, sair arrancando os cabelos? — Nisso Múrin tornou a esfregar a barba com a manga.

Ordínov quase teve um treco.

— Sim, é verdade, eu mesmo lhe falei a seu respeito: é doente, isto é, um *malheur*... isto é, eu quis me expressar em francês, mas, perdoe-me, não domino tão bem o francês, isto é...

— É isso, senhor...

— É isso, senhor, isto é...

Ordínov e Iaroslav Ilitch fizeram uma leve reverência um ao outro, cada um de sua cadeira e um pouco de través, e ambos tentaram disfarçar o embaraço que se instalou com um sorriso de desculpa. O prático Iaroslav Ilitch se recompôs imediatamente.

— Eu, ademais, fiz um interrogatório detalhado a este honesto homem — começou —, ele me dizia que a doença dessa mulher...

Nisso o sensível Iaroslav Ilitch, certamente por desejar disfarçar o ligeiro embaraço que começava de novo a aflorar em seu rosto, voltou-se rapidamente para Múrin com um olhar interrogativo.

— Isso mesmo, da nossa senhoria...

O delicado Iaroslav Ilitch não insistiu.

— Da senhoria, isto é, de sua antiga senhoria, eu, de qualquer modo, realmente... bem, está certo! Ela, o senhor vê, é uma mulher doente. Ele diz que ela o atrapalha... em seus estudos, e que ele mesmo... o senhor escondeu de mim uma circunstância importante, Vassíli Mikháilovitch!

— Qual?

— A respeito do fuzil, senhor — proferiu quase num sussurro Iaroslav Ilitch, com uma voz bem indulgente, e talvez com uma milésima fração de reproche soando ternamente em seu cordial tenor. — Mas — precipitou-se a acrescentar — eu sei de tudo, ele me contou tudo, e o senhor foi muito gene-

A senhoria

roso, absolvendo-o de sua culpa involuntária perante o senhor. Juro que vi lágrimas em seus olhos!

Iaroslav Ilitch tornou a enrubescer; seus olhos começaram a brilhar e ele se virou em sua cadeira emocionado.

— Eu, isto é, nós, senhor, vossa excelência, isto é, eu, por assim dizer, junto com a minha senhora, como pedimos a Deus pelo senhor — começou Múrin dirigindo-se a Ordínov e olhando-o fixamente, enquanto Iaroslav Ilitch procurava conter sua habitual agitação —, e o senhor mesmo sabe, senhor, que ela é uma mulher adoentada e simplória; eu mesmo mal me aguento de pé...

— Mas estou disposto a me mudar — disse Ordínov com impaciência —, chega, por favor; nem que seja agora!...

— Não, quer dizer, senhor, em muita coisa estamos satisfeitos com vossa benevolência (Múrin fez uma profunda reverência). Eu, não era ao senhor que me referia; só queria dizer uma coisa — é que ela, senhor, é quase minha parente, quer dizer, afastada, por exemplo, como se diz, de sétimo grau, quer dizer, não precisa sentir repugnância pelo que lhe digo, senhor, somos gente ignorante — e depois ela é assim desde pequena! Uma cabecinha doente, fogosa, cresceu no bosque, cresceu em meio aos mujiques, o tempo todo entre os barqueiros e os operários da fábrica; e aí a casa deles pega fogo; a mãe, senhor, *a dela*, é queimada, o pai teve sua alma desgraçada — pergunte para ver, sabe-se lá o que ela vai lhe contar... Eu só não fico me intrometendo, mas uma junta me-mé-di-ica a examinou em Moscou... em suma, senhor, ficou completamente variada, isso é que é! Sou tudo o que lhe restou, e é comigo que vive. E vamos vivemos, fazemos nossas preces, acreditamos na onipotência divina; agora, eu é que não a contrario em nada...

O rosto de Ordínov chegou a mudar de cor. Iaroslav Ilitch olhava para um e outro, alternadamente.

— Mas não se trata disso, senhor... não! — corrigiu-se Múrin, balançando a cabeça com um ar grave. — Ela, por assim dizer, é como uma rajada de vento, como um tufão, uma cabeça tão passional e impetuosa, sonha o tempo todo com um amiguinho querido — me perdoem se falo assim —, mas prometam um namoradinho ao seu coração: é essa a sua obsessão. Eu a engabelo com histórias, e como engabelo. Mas eu bem que vi, senhor, como ela — mas me perdoe, senhor, por minhas palavras estúpidas — continuou Múrin, fazendo uma reverência e esfregando a barba com a manga —, por exemplo, fez amizade com o senhor; o senhor, isto é, digamos assim, vossa senhoria, bem que ficou caído de amor por ela...

Iaroslav Ilitch ficou rubro e lançou um olhar de recriminação a Múrin. Ordínov a custo permanecia sentado na cadeira.

— Não... quer dizer, eu, meu senhor, não é isso... eu, meu senhor, foi sem malícia, sou um mujique, estou a seu dispor... é verdade, somos gente ignorante, nós, meu senhor, somos seu criado — pronunciou ele com uma profunda reverência —, e como minha mulher e eu haveremos de pedir a Deus por vossa senhoria em nossas orações!... Quanto a nós? Estando alimentados, com saúde, queixar não nos *queixamos*; e eu então, meu senhor, o que hei de fazer, pôr uma corda no pescoço? O senhor mesmo sabe, meu senhor, são coisas da vida, tenha piedade de nós, e o que mais haveria ainda de acontecer, ainda mais com um amante!... me perdoe, meu senhor, alguma palavra rude... sou um mujique, meu senhor, enquanto o senhor é um fidalgo... o senhor, vossa senhoria, é um homem jovem, orgulhoso, fogoso, enquanto ela, o senhor mesmo o sabe, é uma verdadeira criança, sem juízo — para cair em pecado, não precisa ir longe! Ela é moça, viçosa, corada, encantadora, enquanto eu sou um velho, sempre cheio de achaques. Pois é, e agora? foi o demônio, decerto, que tentou vossa senhoria! eu fico o tempo todo engabelando-a com histórias, e realmente a engabelo. Minha nossa, como minha mulher e eu haveríamos de rezar a Deus por vos-

A senhoria

sa senhoria! Quer dizer, quanto havemos de rezar! E além do mais, o que o senhor, vossa senhoria, haveria de querer com ela, embora seja encantadora, não passa de uma moça simplória, de uma roceira mal-lavada, uma caipira estúpida, parceira para mim, um mujique! Não fica bem para o senhor, por exemplo, um fidalgo, meu caro senhor, se dar com camponesas! Minha nossa, como eu e ela havemos de pedir a Deus por vossa senhoria, quanto havemos de pedir!...

Nessa hora Múrin inclinou-se numa reverência profunda e levou bastante tempo até endireitar as costas, esfregando sem parar a barba com a manga. Iaroslav Ilitch ficou sem saber o que fazer.

— É verdade, senhor, este bom homem — observou ele, todo confuso — me falava de certos incidentes que ocorreram entre os senhores, eu não me atrevo a acreditar, Vassíli Mikháilovitch... Ouvi dizer que o senhor ainda continua doente — se interrompeu rapidamente com os olhos lacrimejando de emoção, olhando para Ordínov num embaraço total.

— É verdade, senhor... Quanto lhe devo? — perguntou rapidamente Ordínov a Múrin.

— O que está dizendo, meu nobre senhor? basta! Pois não somos nenhum judas-traidor. Por que, meu senhor, está nos ofendendo? Deveria se envergonhar, meu senhor; em que minha pobre esposa e eu o ofendemos? Por caridade, senhor!

— Mas, entretanto, isto é estranho, meu amigo; pois ele era seu inquilino; não lhe ocorre que com sua recusa o está ofendendo? — interveio Iaroslav Ilitch, considerando ser seu dever mostrar a Múrin toda a estranheza e indelicadeza de sua atitude.

— Mas, por caridade, meu pai! O que está dizendo, meu senhor? por caridade, senhor! e o que foi que fizemos para não merecer sua estima? Pois mais do que nos esforçamos, fizemos tudo quanto podíamos, por caridade! Basta, meu senhor; basta, nobre senhor, que Deus o perdoe! O que somos nós, uns infiéis, ou o quê? Se tivesse ficado em nossa casa, comido da nossa comida de gente simples e feito bom proveito, dormido lá — não teríamos dito nada, e... e não teríamos pronunciado uma palavra; mas o diabo foi meter o bedelho, eu sou um homem adoentado, e também minha mulher anda adoentada — o que se há de fazer! Não havia ninguém para servi-lo, mas teríamos ficado contentes, contentes de todo coração. Minha nossa, como minha senhora e eu haveríamos de pedir a Deus por vossa senhoria, quer dizer, quanto havemos de pedir!

Múrin fez uma profunda reverência. Uma lágrima se espremeu dos olhos exaltados de Iaroslav Ilitch. Foi com entusiasmo que ele olhou para Ordínov.

— Diga, que traço de generosidade esse, senhor! Que sagrado senso de hospitalidade repousa sobre o povo russo!

Ordínov lançou um olhar enfurecido para Iaroslav Ilitch. Ele ficou quase estarrecido... e o olhou da cabeça aos pés.

— E é verdade, meu senhor, temos verdadeira veneração pela hospitalidade, quer dizer, e que veneração, meu senhor! — confirmou Múrin, cobrindo a barba com toda a manga. — Para dizer a verdade, me vem agora um pensamento: o senhor poderia ser nosso hóspede, meu senhor, juro que poderia — continuou ele, acercando-se de Ordínov —, e eu não teria nada contra, meu senhor; um diazinho ou dois, eu não diria nada, nada mesmo. Mas o diabo infelizmente meteu o bedelho, veja a minha senhora, como ela é doente. Ah, se não fosse a minha senhora! Pois se eu, por exemplo, fosse sozinho: minha nossa, como iria poder servir vossa senhoria, aí sim iria cuidar do senhor, nossa, como iria cuidar! A quem então, se não à vossa senhoria, haveria de servir? Então eu o curaria, é verdade que o curaria, até os remédios conheço... é verdade, seria nosso hóspede, meu senhor, eu juro, eis a palavra exata, nosso hóspede!...

— Não haveria, de fato, um meio? — observou Iaroslav Ilitch... mas nem chegou a terminar.

Ordínov havia cometido uma injustiça, pouco antes, ao

A senhoria

109

olhar para Iaroslav Ilitch da cabeça aos pés com um assombro selvagem. Ele era, sem dúvida, uma pessoa das mais íntegras e nobilíssima, mas agora havia compreendido tudo e, a bem da verdade, sua situação era bem embaraçosa! Tinha vontade, como se diz, de rachar de rir! Se estivesse sozinho, só ele e Ordínov — dois amigos como eles! —, Iaroslav Ilitch certamente não teria se contido e teria se entregado sem reservas a um arroubo de alegria. Em todo caso, ele o faria com grande dignidade, depois de rir apertaria a mão de Ordínov com simpatia, assegurando-lhe com toda a sinceridade e justiça que sentia por ele redobrado respeito e que em todo caso o desculpava... e, por fim, teria feito vista grossa, por conta de sua juventude. Mas agora, por sua conhecida delicadeza, encontrava-se numa situação bem embaraçosa e quase sem saber onde enfiar a cara...

— Um meio, ou seja, um remédio! — replicou Múrin, cujo rosto fremia todo por causa da inoportuna alusão de Iaroslav Ilitch. — Eu, em suma, meu senhor, na minha estupidez de mujique, o que diria — continuou ele, avançando mais um passo —, é que o senhor, meu senhor, é um homem de livros, se enfurnou demais em suas leituras; diria que se tornou espantosamente inteligente; mas ela, isto é, como se costuma dizer em russo entre nós, os mujiques, sua inteligência, passou para trás sua sabedoria...

— Basta! — interrompeu-o severamente Iaroslav Ilitch...

— Estou indo — disse Ordínov —, eu o agradeço, Iaroslav Ilitch; virei, virei vê-lo, sem falta — disse ele, diante da gentileza redobrada de Iaroslav Ilitch, que já não tinha forças para detê-lo por mais tempo. — Adeus, adeus...

— Adeus, vossa excelência; adeus, meu senhor; não se esqueça de nós, venha visitar estes pecadores.

Ordínov não ouviu mais nada; saiu como um louco.

Não podia mais suportar, sentia-se mortificado; sua consciência parecia entorpecida. Tinha uma vaga sensação de que sua doença o estava sufocando, mas um frio desespero havia se apossado de sua alma, e ele sentia apenas que uma dor surda o despedaçava, o afligia e sugava-lhe o peito. Teve vontade de morrer nesse instante. Sentiu fraquejar-lhe as pernas e acocorou-se junto a uma paliçada sem fazer caso de mais nada, nem das pessoas que passavam, nem da multidão que começava a se juntar em torno dele, nem dos apelos e indagações dos curiosos que o cercavam. Mas, de repente, da multidão de vozes ressoou sobre ele a voz de Múrin. Ordínov ergueu a cabeça. O velho estava realmente de pé diante dele; seu rosto pálido estava sério e pensativo. Este já era um homem completamente diferente daquele que tão grosseiramente havia escarnecido dele diante de Iaroslav Ilitch. Ordínov se levantou; Múrin o pegou pelo braço e o tirou do meio da multidão...

— Ainda tem de pegar suas coisas — disse ele, lançando um olhar de soslaio a Ordínov —, não se desespere, senhor! — exclamou Múrin. — Você é jovem, para que se desesperar!

Ordínov não respondeu.

— Está se sentindo ofendido, senhor? Pelo jeito, está profundamente dominado pela raiva... mas sem motivo; cada um cuida do que é seu, cada um protege o seu bem!

— Eu não o conheço — disse Ordínov —, não quero saber dos seus segredos. Mas ela! ela!... — murmurou ele, e lágrimas abundantes começaram a correr de seus olhos aos borbotões. O vento as arrebatava uma a uma de suas faces... Ordínov as enxugava com a mão. Seu gesto, seu olhar, o movimento involuntário de seus lábios trêmulos e arroxeados — tudo nele pressagiava a loucura.

— Eu já lhe expliquei — disse Múrin, franzindo as sobrancelhas —, ela é meio louca! Por que e como enlouqueceu... para que você precisa saber? Só que a mim ela é cara mesmo assim! Eu a amo mais do que à minha própria vida e não a darei a ninguém. Entende agora?

Por um átimo nos olhos de Ordínov lampejou uma flama.

A senhoria

— Mas então por que... por que é que me sinto agora como se tivesse perdido a vida? Por que sinto essa dor em *meu* coração? Por que fui conhecer Katierina?

— Por quê? — Múrin deu um sorriso e ficou pensativo. — Por que, nem eu mesmo sei por quê — murmurou enfim. — A índole feminina não é nenhum mar insondável, reconhecê-la você reconhece, mas é astuta, tenaz, resistente! Vamos, diz, eu quero, e é pra já! Parece que ela, realmente, senhor, queria me abandonar para ir com o senhor — prosseguiu com um ar absorto. — Enjoou do velho, depois de sugar dele tudo quanto era possível sugar! O senhor, parece, lhe agradou profundamente desde o início! Mas tanto faz, o senhor, ou um outro... Eu é que não a contrario em nada; se sentir vontade de leite de passarinho, até leite de passarinho eu tiro; se não existir tal pássaro, eu mesmo fabrico um pássaro assim! Ela é vaidosa! Persegue sua liberdadezinha, mas nem ela mesma sabe com o que se encapricha seu coração. E daí resulta que é melhor deixar tudo como estava! Ora, senhor! você é muito jovem! Ainda tem o coração impetuoso como o de uma mocinha abandonada que enxuga as lágrimas com a manga! Saiba, senhor: um homem fraco sozinho não consegue se controlar! Dê-lhe tudo e ele mesmo virá devolver tudo, dê-lhe a posse de metade do reino da terra, experimente — o que você acha? Ali mesmo, ele vai na mesma hora se esconder em seu sapato, de tanto que se diminuirá. Dê a ele, ao homem fraco, uma liberdadezinha — ele mesmo a atará e a trará de volta. Para um coração tolo, nem a liberdade de nada serve! Não se pode sobreviver com uma índole dessa! Se lhe digo isso tudo, assim, é porque ainda é muito rapazinho! O que você é para mim? Você veio mas está indo — você ou um outro, tanto faz! Desde o princípio, eu já sabia que ia dar nisso. Mas não se pode contrariá-la! não se pode pronunciar uma palavra em contrário, se se quer conservar a felicidade. Pois isso, saiba, senhor — continuou a filosofar Múrin —, é só falar por falar: o que não acontece nessa vida? Na hora da

raiva você pega uma faca, se estiver desarmado, vai em cima do inimigo com as mãos vazias, como se ele fosse um carneiro, e rasga sua garganta com os dentes. Agora, suponhamos que essa mesma faca fosse colocada em sua mão e que fosse seu próprio inimigo a escancarar amplamente o peito diante de você, estou certo de que você recuaria!

Entraram no pátio. O tártaro, que tinha avistado Múrin ainda de longe, tirou o gorro diante dele e encarou Ordínov com um ar de malícia.

— Cadê sua mãe? está em casa? — gritou-lhe Múrin.

— Sim, está em casa.

— Diga-lhe para vir ajudá-lo a carregar suas tralhas. E você também, anda!

Subiram as escadas. A velha criada de Múrin, que se verificou ser de fato mãe do porteiro, juntou os trastes do ex-inquilino e, resmungando, atou-os em uma grande trouxa.

— Espere; eu mesmo ainda trarei uma de suas coisas que ficou lá...

Múrin entrou em casa. Voltou um minuto depois e deu a Ordínov um rico travesseiro, todo bordado em seda e fios de lã — o mesmo que lhe havia colocado Katierina quando ele adoeceu.

— É ela quem está lhe mandando isto — disse Múrin. — E agora vá em paz e, olhe lá, não vá ficar vagueando por aí — acrescentou a meia-voz, num tom paternal —, senão será pior para você.

Via-se que ele não queria ofender seu inquilino. Mas quando este lhe lançou um último olhar, então lhe aflorou claramente no rosto um involuntário acesso de cólera incontido. Fechou a porta na cara de Ordínov quase com aversão.

Duas horas depois Ordínov havia se mudado para a casa do alemão Spiess. Tínkhen, ao vê-lo, deixou escapar um "ah". Perguntou-lhe imediatamente sobre sua saúde e, ao saber como estavam as coisas, se dispôs logo a tratar dele. O velho alemão mostrou satisfeito a seu inquilino que estava justamente para ir ao portão fixar de novo o anúncio, já que nesse dia expirava o sinal deixado por ele, do qual havia calculado precisamente, até o último copeque, cada dia de aluguel. Com isso o velho não perdeu a ocasião de gabar com perspicácia a pontualidade e a honestidade alemã. Nesse mesmo dia Ordínov caiu doente e só depois de três meses pode se levantar da cama.

Aos poucos foi se restabelecendo e começou a sair. A vida em casa do alemão era monótona e tranquila. O alemão não tinha nada de particular; a graciosa Tínkhen, sem ferir a moral, era tudo o que se podia desejar — mas aos olhos de Ordínov era como se a vida tivesse perdido para sempre o colorido! Havia se tornado contemplativo e irritável; sua impressionabilidade tomou um aspecto mórbido, e sem se dar conta foi caindo num estado de hipocondria aguda e feroz. Os livros ficavam às vezes semanas inteiras sem serem abertos. O futuro estava bloqueado para ele, seu dinheiro estava indo embora, e ele de antemão cruzou os braços; nem sequer pensava no futuro. Às vezes a antiga febre pela ciência, o antigo fervor, as antigas imagens criadas por ele se levantavam nitidamente do passado diante dele, mas não faziam senão oprimir e sufocar sua energia. Os pensamentos não se convertiam em atos. A criação havia se estancado. Parecia que todas estas imagens haviam se tornado gigantes de propósito em sua imaginação, para rir da impotência dele, o próprio criador delas. Sem querer, nos momentos de tristeza, se pegava se comparando com aquele aprendiz de feiticeiro gabola que, depois de roubar a palavra mágica de seu mestre, ordenou à vassoura para carregar a água e se afogou nela por ter esquecido como se diz: "Pare".[16] Talvez se realizasse nele uma ideia integral, original, autêntica. Talvez estivesse pre-

---

[16] Referência à célebre balada de Goethe, *O aprendiz de feiticeiro* (*Der Zauberlehrling*), escrita em 1797. (N. da T.)

A senhoria

destinado a ser um artista na ciência. Pelo menos antes ele mesmo acreditava nisso. Uma fé sincera já é uma garantia para o futuro. Mas agora tinha momentos em que ele próprio ria de suas convicções cegas e não dava um passo adiante.

Meio ano antes ele havia concebido, criado e posto no papel um esboço bem elaborado de uma criação em que (devido à sua juventude), nas horas de pausa criativa, baseava as mais concretas esperanças. A obra era dedicada à história da Igreja, e de sua pena brotavam as mais calorosas e fervorosas convicções. Agora pegou para reler esse plano e se pôs a refazê-lo: ele o repensava, lia, esgaravatava e acabou por rejeitar sua ideia sem construir nada sobre as ruínas. Mas algo parecido com um misticismo, uma crença na predestinação e no mistério, começava a penetrar em sua alma. O infeliz sentia seus sofrimentos e implorava a Deus por sua cura. A criada do alemão, uma velha russa muito beata, contava com gosto como reza o seu inquilino pacato e como passa horas a fio, como que inanimado, deitado no chão da igreja...

Ele não dizia uma palavra a ninguém sobre o que lhe havia acontecido. Mas por vezes, sobretudo à hora do crepúsculo, a hora em que as badaladas surdas dos sinos lhe recordavam o instante em que pela primeira vez todo o seu peito começou a palpitar, a sofrer por um sentimento até então desconhecido, quando ficou ajoelhado ao lado dela na casa de Deus, esquecido de tudo, apenas ouvindo as batidas do tímido coração dela, quando banhou com lágrimas de alegria e entusiasmo a nova e luminosa esperança que cintilava em sua vida solitária — nessa hora uma tempestade levantava--se de sua alma para sempre ferida. Nessa hora seu espírito fremia e os suplícios do amor tornavam a arder-lhe no peito como uma chama acesa. Nessa hora o coração doía-lhe triste e apaixonadamente e seu amor parecia crescer junto com sua consternação. Com frequência, esquecido de si e de toda a sua vida cotidiana, esquecido do mundo, passava horas a fio sentado num mesmo lugar, solitário e desconsolado, balançava a cabeça, desiludido, deixando correr lágrimas silenciosas e murmurando para si mesmo: "Katierina! Minha pombinha adorada! Minha irmãzinha solitária!...".

Um pensamento monstruoso começou a atormentá-lo cada vez mais. Perseguia-o cada vez com mais insistência e a cada dia tomava uma forma mais verossímil e real diante de seus olhos. Tinha a impressão — e ele mesmo acabou por acreditar em tudo —, tinha a impressão de que Katierina estava em seu perfeito juízo, mas que Múrin, a seu modo, estava certo em defini-la como um coração fraco. Tinha a impressão de que algum mistério a ligava ao velho, mas que Katierina, pura como uma pomba, sem ter consciência de seu crime, havia acabado em seu poder. Quem eram eles? Isso não sabia. Mas sonhava incessantemente com uma tirania profunda e implacável sobre uma pobre criatura indefesa; e seu coração se revoltava, palpitando em seu peito com uma indignação impotente. Tinha a impressão de que, diante dos olhos assustados de uma alma que de repente havia recuperado a visão, representavam perfidamente sua queda, torturavam perfidamente seu pobre coração *fraco*, distorciam a verdade para ela a torto e a direito, mantinham sua cegueira de propósito quando necessário, lisonjeavam astutamente a inclinação inexperiente de seu coração confuso e impetuoso e pouco a pouco iam cortando as asas de sua alma livre e audaciosa, incapacitada, por fim, tanto de se rebelar como de se arrojar livremente para a verdadeira vida...

A cada dia Ordínov ia se tornando ainda mais selvagem do que antes, no que, é preciso ser justo, seus alemães não o incomodavam nem um pingo. Gostava de ficar flanando pelas ruas, por muito tempo, sem objetivo. Escolhia de preferência a hora do crepúsculo, e os lugares dos passeios eram os recantos perdidos, remotos, que as pessoas raramente visitavam. Numa tarde chuvosa e malsã de primavera, encontrou num desses cafundós Iaroslav Ilitch.

A senhoria

Iaroslav Ilitch havia emagrecido visivelmente, seu olhar agradável estava meio apagado, e ele mesmo parecia todo desencantado. Corria apressado atrás de um assunto que não admitia delongas, ia todo molhado, sujo, e com uma gota de chuva que já a tarde toda lhe pendia de um modo quase fantástico do nariz, bem apresentável, mas agora meio arroxeado. E além do mais havia deixado crescer as suíças.[17] Estas suíças, além do fato de que Iaroslav Ilitch o olhou de um modo como se quisesse se esquivar do encontro com um antigo conhecido seu, deixaram Ordínov boquiaberto... que coisa estranha! de certo modo chegou a machucar, a magoar seu coração, que até então nunca havia necessitado da compaixão de ninguém. Enfim, ele preferia o homem simples, bonachão, ingênuo de antes — nos atrevemos enfim a dizer francamente —, meio estúpido, mas sem a menor pretensão de se sentir desencantado e mais inteligente. E é desagradável quando um sujeito *estúpido*, do qual antes gostávamos, talvez, justamente por sua estupidez, *de repente fica mais inteligente*, é decididamente desagradável. Ademais, a desconfiança com que olhou para Ordínov se desfez no mesmo instante. A despeito de todo o seu desencanto, não havia absolutamente abandonado seu caráter de sempre, o qual, como se sabe, o homem leva para o túmulo, e foi com deleite que penetrou, tal qual era, na alma amiga de Ordínov. Antes de mais nada observou que estava muito atarefado, depois que fazia tempo que não se viam; mas de repente a conversa tomou um rumo estranho. Iaroslav Ilitch pôs-se a falar da falsidade das pessoas em geral, da precariedade dos bens do mundo terreno, da vaidade das vaidades, de passagem, até mais do que com indiferença, não perdeu a oportunidade de mencionar Púchkin, com um certo cinismo sobre as boas amizades, e para encerrar até fez uma alusão à falsidade e à perfí-

---

[17] Sinal de que Iaroslav Ilitch havia deixado sua função imperial — um edital da época interditava os funcionários de usar suíças. (N. da T.)

dia daqueles que se denominam no mundo de amigos, quando amizade de verdade nunca existiu na face da terra, nem mesmo em sonho. Em suma, Iaroslav Ilitch havia ficado mais inteligente. Ordínov não o contradisse em nada, mas sentiu uma tristeza pungente, indizível: como se tivesse enterrado seu melhor amigo!

— Ah! imagine só — ia me esquecendo completamente de contar — proferiu de repente Iaroslav Ilitch, como que se lembrando de algo extremamente interessante — temos uma novidade! Eu mesmo lhe direi em segredo. Lembra do prédio em que o senhor morou?

Ordínov estremeceu e ficou pálido.

— Pois imagine o senhor que recentemente descobriram nesse prédio uma quadrilha de ladrões, isto é, meu caro senhor, um bando, um covil, senhor; contrabandistas, trapaceiros de toda espécie, vai saber quem são! Alguns foram agarrados, outros ainda estão apenas sendo perseguidos; ordens severíssimas têm sido dadas. E pode o senhor imaginar: lembra-se do senhorio do prédio, aquele homem beato, respeitável, de aparência distinta...

— E então?

— Depois disso julgue o senhor a humanidade inteira! Era ele o chefe de toda a quadrilha, o cabeça deles! Isso não é um absurdo, senhor?

Iaroslav Ilitch falava com emoção, e se por um único homem condenava a humanidade toda é porque Iaroslav Ilitch sequer poderia fazer de outro modo; isso era de sua natureza.

— E eles? e Múrin? — sussurrou Ordínov.

— Ah, Múrin, Múrin! Não, é um velho respeitável, distinto. Mas, permita-me, o senhor acaba de lançar uma nova luz...

— O que foi? ele também fazia parte do bando?

O coração de Ordínov parecia prestes a saltar para fora do peito de impaciência.

A senhoria

— Aliás, como o senhor pode dizer... — acrescentou Iaroslav Ilitch, fixando atentamente em Ordínov seu olhar mortiço, em sinal de que estava refletindo: — Múrin não poderia ser um deles. Há exatamente três semanas voltou com a mulher para casa, para a sua pátria... Eu o soube pelo porteiro... aquele tartarozinho, lembra-se?

Posfácio
O "HERÓI DO TEMPO" DE DOSTOIÉVSKI

Fátima Bianchi

A senhoria é uma obra que difere muito de todos os outros trabalhos de Dostoiévski e constitui sua primeira tentativa de caracterização de um tipo e de um tema que iriam ocupá-lo praticamente durante toda a sua carreira.

No Brasil, no início dos anos de 1960, foram publicadas duas traduções desta novela. Uma de Natália Nunes, pela editora Aguilar, com o título *A dona da casa*, cuja fonte parece ter sido uma tradução para o espanhol. A outra é de Vivaldo Coaracy, publicada pela José Olympio como *A senhoria*, e também não especifica de que língua foi traduzida. O fato é que nenhuma foi realizada diretamente do original russo, o que por si só justifica uma nova tradução. Sem entrar no mérito desses trabalhos, é importante ter em mente que essas versões já passaram pelo filtro de uma língua intermediária e em grande medida foram acomodadas às necessidades da língua e do gosto do leitor a que se destinavam.

Na verdade, são vários os tipos de imprecisões e prejuízos que esse recurso acarreta não só em relação ao estilo do autor como à própria compreensão do texto. Por apresentarem cortes, adaptações, condensação do argumento, muitas das características e mesmo detalhes que precisariam ser ressaltados acabaram se perdendo, desaparecendo, nessas retraduções.

A senhoria é uma novela que se distingue por sua linguagem altamente elaborada e poética, rica em expressões metafóricas, fraseologia e vocabulário popular, no estilo da poesia folclórica. A maneira de falar estilizada e misteriosa da personagem de Katierina — que em muitos momentos se estende também à de Múrin, chegando mesmo a influir na de Ordínov, as outras figuras principais da trama — assume um valor específico para a própria criação da atmosfera irreal, fantástica, que envolve toda a narrativa.

Já a fala de Múrin aparece modelada de acordo com sua conveniência. Com Katierina ele fala na língua dela, com o propósito de dominá-la. No final da novela, também como um meio de atingir os fins a que se propõe (tirar Ordínov de seu caminho), ele adota uma linguagem extremamente entrecortada, alusiva, cheia de reticências e de fraseologia popular, típica de um mujique. Este expediente, que tem por intenção transmitir uma certa precariedade em sua capacidade de comunicação, é não só proposital como astuciosamente calculado pela própria personagem. Ao receber um melhor acabamento, com a supressão de muitos desses recursos nas traduções indiretas, esse modo de falar de homem simples, do povo, adotado por Múrin para se colocar deliberadamente numa situação de pobre-diabo, ficou extremamente suavizado. Com isso, a intenção do autor, que é clara no original, e deveria resultar clara também na tradução, ao menos no nível do estilo, se perde em grande medida nas retraduções, chegando a comprometer o próprio sentido da obra.

Por isso, na tentativa de fazer uma tradução que ficasse o mais próxima possível do original, procuramos preservar ao máximo a estrutura do russo, pelo menos naquilo que é mais peculiar na linguagem do escritor, com o cuidado de não sacrificar a atmosfera por ele criada, já que se trata de um estilo, ainda que poético, coloquial. Na escolha do sentido mais apropriado para cada frase, cada palavra, procuramos recorrer sempre ao conhecimento do conjunto da obra, sem perder de vista não só a frase a que a palavra pertence mas o texto todo, tentando sentir a expressão no contexto em que está inserida, e sondar nas entrelinhas sua intenção.

Posfácio

Dostoiévski trabalhou em *A senhoria* por mais de um ano, pelo menos de outubro de 1846 a dezembro de 1847. Impressa em duas partes na revista *Otetchiéstvienie Zapíski* (Anais da Pátria), a primeira saiu no número de outubro de 1847. O crítico Bielínski, que havia depositado grandes esperanças no autor de *Gente pobre*, não escondeu sua decepção. Na sua opinião, a novela era um "enigma surpreendente da sua fantasia mirabolante".[1] E não só Bielínski, mas a crítica em geral tomou a publicação de *A senhoria* como a prova definitiva da falta de talento do escritor.

Vale lembrar que *Gente pobre*, que viera à luz em janeiro de 1846, fora acolhido com enorme balbúrdia nos meios literários russos como um dos primeiros testemunhos do crescente amadurecimento da tendência realista gogoliana dos anos 1840, e estava completamente de acordo com o programa defendido por Bielínski para o desenvolvimento da literatura russa. Com o êxito sem par de *Gente pobre*, era natural que a obra seguinte de Dostoiévski fosse esperada com grande expectativa, inclusive por ele próprio. No entanto, com a publicação de *O duplo*, em fevereiro de 1846, o escritor recebeu o primeiro de uma série de golpes que, daí em diante, viriam a ser desfechados contra ele.

Alarmado pela ideia de que já havia esgotado o tema do "funcionário pobre" que descendia de *O capote*, de Gógol, Dostoiévski começa a se dedicar à novela *A senhoria* ainda em 1846. Numa carta a seu irmão Mikhail, em que se mostra bastante comedido, sem o tom eufórico que caracterizava sua correspondência anterior, Dostoiévski confessa as razões que o levaram à escolha de um novo tema e faz a primeira referência a seu trabalho sobre a novela:

---

[1] V. G. Bielínski, "Um olhar para a literatura russa de 1847". In *Obras reunidas* (*Sobránie sotchnienii*), em 3 volumes, Moscou, Goslitizdát, 1949, vol. 3, p. 351.

"Quero lhe dizer não mais que duas palavras, já que ando atarefado e me debatendo como um peixe sobre o gelo. Acontece que todos os meus planos foram por água abaixo e ruíram por si mesmos... nenhum dos planos daquelas novelas de que lhe falei deu certo. Não estou mais escrevendo nem 'As suíças raspadas'. Abandonei tudo, já que tudo isso não passava de uma repetição de coisas velhas, já ditas por mim há muito tempo. Agora ideias mais originais, vivas e luminosas brotam de mim no papel. Quando estava chegando ao fim de 'As suíças raspadas', percebi tudo isso claramente. Na minha situação, uniformidade é ruína. Estou escrevendo outra novela, e o trabalho vai de vento em popa, está saindo com facilidade e frescor, como nunca em *Gente pobre*."[2]

O influente Bielínski, entretanto, não partilhou do entusiasmo do autor quando a obra veio à luz: "O que é isso, abuso ou pobreza de talento, que quer elevar-se à força mas tem medo de ir pela via comum e procura para si um caminho inédito qualquer?",[3] questionou o crítico. E sua opinião acabou convencendo o próprio escritor de seu fiasco.

Logo após a publicação de *A senhoria*, Dostoiévski a submeteu a um julgamento rigoroso e associou seu fracasso à sua difícil situação material. Entretanto, esse descontentamento parece ser muito mais um reflexo da rejeição de suas obras depois do sucesso de *Gente pobre*. Acontece que Dostoiévski, já na época, e com razão, tinha seu talento em alta

---

[2] F. M. Dostoiévski, carta de 20 de outubro de 1846. In *Obras completas* (*Pólnoie sobránie sotchnienii*), em 30 volumes, Leningrado, Naúka, 1972-1990, vol. 28-I, p. 131.

[3] V. G. Bielínski, *op. cit.*, vol. 3, p. 351.

conta, e os constantes ataques ao seu estilo significavam um golpe mortal à sua vaidade.

Bielínski, no entanto, não estava longe da verdade ao sugerir que o escritor procurava "para si um caminho inédito". Dostoiévski viveu numa época de grandes transformações sociais, que trazia à tona as questões mais inusitadas, e suas buscas por uma nova forma literária decorriam justamente da necessidade que sentia de interpretar do modo mais adequado esses acontecimentos, que na sua opinião ainda "ansiavam por uma palavra nova".

Para entender a rejeição a *A senhoria*, é preciso levar em conta que a obra vem à luz num momento em que a crítica progressista, com Bielínski à frente, absorvida pelas novas possibilidades abertas pelo romance social, travava uma luta tenaz contra o que chamava de romantismo russo contemporâneo. E os comentários arrasadores do crítico deviam-se, ao que tudo indica, à sua decepção com o motivo romântico da novela.

A questão é que o contexto social, político e cultural que deu origem ao romantismo na Rússia, no primeiro quarto do século XIX, caracterizado por enorme influência das ideias de desenvolvimento social nos meios progressistas da nobreza, diferia muito daquele dos anos 40. Nos anos 20, o interesse que as questões políticas suscitavam era tão grande, que envolveu toda uma geração de aristocratas revolucionários, cujas atividades culminaram com a Revolta Decabrista, em dezembro de 1825. Como na época as contradições sociais pareciam vir à tona de forma mais aguda do que nunca, elas acabaram se tornando um tema de peso também na pauta de discussões entre as diversas tendências literárias então em disputa. Com isso, as mesmas circunstâncias que possibilitavam o desenvolvimento crescente do romantismo deram ensejo também ao surgimento de uma literatura de cunho "realista" na Rússia. E uma das especificidades básicas apresentadas tanto por uma tendência como pela outra era a do conflito do ideal com a realidade, que se expressava através de uma personagem solitária, um indivíduo que se encontrava em contradição irreconciliável com a sociedade conservadora e retrógrada que o cercava. Mas, ao contrário dos românticos, cuja atenção estava voltada mais para os mistérios do mundo espiritual do homem, o que interessava ao método do realismo eram os reais motivos desse conflito, explicar o comportamento e as atitudes do herói principalmente pelas circunstâncias históricas e sociais em que ele aparece enredado.

No entanto, após a derrota decabrista e a dura repressão que se seguiu, a *intelligentsia* progressista, obrigada a recuar da ação política e deslocar sua atenção para outras questões, se viu mergulhada numa situação de crise ideológica e moral sem precedentes. Não por acaso este foi um período na história da sociedade russa em que as aspirações de uma "harmonia divina" dos idealistas românticos e os sonhos dos partidários de uma revolução social puderam conviver pacificamente, sem entrar em contradição. Tanto que o socialismo utópico russo surge como resultado de uma composição da problemática da justiça social e da liberdade com o idealismo romântico.

É esse contexto que explica, em parte, a gênese do fenômeno do herói na nova literatura russa dos anos 20 e 30 do século XIX. Criado num momento de desenvolvimento da consciência nacional, quando a figura do homem russo do novo tempo está se constituindo, sua influência atravessou praticamente todo o século. Conhecido a partir de Liérmontov[4] como "herói do tempo", seu surgimento está estreitamente relacionado com a criação do método do "realismo" na literatura russa e, já em grande medida, com o tipo do "homem supérfluo". Trata-se de um herói da nobreza que

---

[4] O poeta e romancista Mikhail Yúrievitch Liérmontov (1814-1841) publicou em 1840 o romance *O herói do nosso tempo*, que tem o jovem Pietchórin como personagem principal.

fazia parte da pequena minoria de homens cultos e moralmente sensíveis que, incapazes de encontrar um lugar na sociedade para desenvolver suas potencialidades, fechavam-se em si mesmos, refugiando-se em fantasias e ilusões, ou no ceticismo e desespero. Enfim, um herói cuja "desgraça é ter espírito",[5] pois são personagens atraentes, que possuem uma integridade e um encanto fora do comum, em cuja constituição pela primeira vez é representado "o caráter do indivíduo na nova realidade cultural russa: um indivíduo em sua relação com outros indivíduos, com o meio estagnado da vida da nobreza e com valores morais extraindividuais".[6] Neste sentido, a personagem Ievguêni Oniéguin, do romance em versos de mesmo nome de Púchkin (de 1833), expressa um momento em que estas características começam a receber um contorno já bastante nítido.

Por quase três décadas, a galeria de "heróis do tempo" foi composta pela figura do "homem supérfluo", que, com o passar do tempo, foi assumindo não só uma nova forma como outras atitudes em relação à vida. E reparar nas novas fases de sua existência, definir a essência de seu novo sentido a cada etapa do desenvolvimento da sociedade russa, como observou o crítico N. Dobroliúbov, "constituiu uma tarefa enorme, e o talento que conseguiu isso sempre deu um passo à frente substancial na história da literatura russa".[7]

No romance *O herói do nosso tempo*, de Liérmontov, é impossível não perceber na figura de Pietchórin já um passo

---

[5] A peça *A desgraça de ter espírito*, de Griboiédov, escrita entre 1821 e 1824, é considerada a primeira obra realista da literatura russa.

[6] A. I. Juravlióva, "O fenômeno do 'herói do tempo' na literatura russa do século XIX". In *Pakiet* (Um pacote), Moscou, Litieratúrnoe Khudójiestvennoe Izdánie, 1996, p. 45.

[7] N. D. Dobroliúbov, "Chto takoe oblómovschina?" (O que é o oblomovismo?). In *Dobroliúbov 1836-1861*, Moscou, Chkólnaia Bibliotieka, 1972, p. 56.

à frente na evolução deste tipo criado por Púchkin. Outra contribuição decisiva para a constituição da galeria dos "homens supérfluos" na literatura russa veio de Herzen, com seu romance *Quem é o culpado?*, de 1846. Nele o autor descreve o caráter contagiante de Béltov, um jovem de formação elevada e grande potencial moral, um coração ardente, que começa a vida com o fogo prometeico na alma, mas, assim como Oniéguin e Pietchórin, impossibilitado de agir em nome do bem, também se transforma num "cético desiludido". Ao se lançar de corpo e alma à realização de seu projeto de ser útil à pátria, ele se depara com uma estrutura de poder profundamente estagnada, que se revela uma barreira intransponível para o desenvolvimento não só de seu país como de suas ideias. Herzen procura mostrar sua personagem como um fenômeno objetivo, historicamente legítimo, acentuando, em todos os aspectos, que Béltov é uma pobre vítima de um século de dúvidas, que condena uma pequena minoria de homens cultos e moralmente sensíveis a uma trágica solidão.

Até meados da década de 1840, a literatura romântica e a filosofia idealista alemã ainda continuavam a exercer grande influência na cena literária russa. Mas à medida que se aprofunda o sentido social da luta de Bielínski contra o romantismo, a posição entre o ideal e o real, conforme estabelecida anteriormente pelo programa romântico, acabou sofrendo completa reviravolta. Com isso, a representação da figura do "sonhador", que é o tipo central da novela *A senhoria*, sofre grandes transformações. No novo cenário da literatura russa de fins da década de 1840, esse tipo, que antes era reconhecido como um caráter elevado e titânico, passa a ser perseguido a ponto de tornar-se o mais acabado símbolo da paralisia, da impotência, da incapacidade do indivíduo para enfrentar as exigências e os desafios que a vida impõe.

É nesse contexto que Dostoiévski, ao tentar ampliar suas possibilidades, colocando no lugar do "funcionário pobre", de consciência limitada, a figura mais complexa de um inte-

Posfácio

lectual, cria seu primeiro personagem "sonhador". Mas, ao mesmo tempo, atento às diversas "vozes" que se faziam ouvir na sociedade da época, ele não poderia ter ficado indiferente justamente à que parecia soar mais alto e constituía um enorme desafio aos romancistas russos. E assim, com *A senhoria* ele apresenta, na figura de Ordínov, um "sonhador" — uma personagem romântica típica —, não só um fenômeno ainda corrente na vida russa em fins dos anos 1840, mas também um novo elo na evolução do "herói do tempo", que com Oniéguin e Pietchórin iniciara uma carreira que ainda estava longe de chegar ao fim.

Na figura de Ordínov, o escritor dá sua própria versão sobre um tipo popular, russo, do qual, como escreveu Dobroliúbov, "não pôde escapar nenhum dos escritores realmente sérios".[8] E ao ser representado através de um método artístico capaz de penetrar em suas características mais determinantes, o "sonhador" romântico de *A senhoria* se revela mais um dos representantes simbólicos dessa geração de jovens aristocratas que, com Turguêniev, receberia a denominação de "homem supérfluo".

No entanto, em sua versão desse mesmo tipo, Dostoiévski promove uma ruptura em sua caracterização, ao apresentá-lo não nos meios da aristocracia, mas num subúrbio miserável da capital, e com um novo conteúdo psicossocial. Conteúdo este nutrido da própria experiência de vida do escritor e de sua visão de mundo, que lhe permitem representar o homem como um ser livre, único e imprevisível, que só pode ser entendido de dentro de seu próprio ponto de vista.

Em que pesem as recriminações então cada vez mais frequentes à sua maneira de representar a realidade (que lhe valeram o epíteto de "o marquês de Sade russo", na expressão de Turguêniev), o ponto de vista na obra de Dostoiévski aca-

---

[8] N. D. Dobroliúbov, *op. cit.*, p. 56.

bou por se revelar um expediente fundamental para a verossimilhança de suas personagens.

A senhoria é uma narrativa em terceira pessoa na qual Dostoiévski introduz por completo o campo de visão da personagem principal, ao vincular a este o do narrador, que passa a saber da situação apenas aquilo que a própria personagem vai sabendo a cada passo. E, ao se fixar em uma única personagem, o narrador conscientemente abre mão de sua capacidade de onisciência em relação às demais, perdendo também o acesso ao estado mental delas. Este recurso técnico, que dá ao narrador a capacidade de penetrar o mundo psíquico apenas de uma única personagem, constitui, sem dúvida, uma forma especial de organização do material artístico pelo autor, mas também uma forma de recusa, de sua parte, de expressar abertamente suas próprias ideias. Tanto que a voz do narrador, quando introduzida em suas obras, nunca se sobrepõe à voz da personagem. De um modo geral, o narrador nunca assume a posição neutra de um observador externo, e muito menos a de um observador que vê os acontecimentos de uma posição superior.

No início da novela o narrador conta que Ordínov, ao terminar a faculdade, alugou o primeiro canto que encontrou e ali "se enclausurou como se estivesse em um monastério". O que exigia dele tal isolamento e absorvia toda a sua existência era sua paixão profunda e insaciável pela ciência. No entanto, após dois anos de reclusão, ele havia se asselvajado completamente. E é assim, alienado do mundo das paixões e das emoções da vida real, voltado exclusivamente para sua fantasia científica, que ele nos é apresentado.

Passado esse primeiro momento em que introduz a personagem do ponto de vista dominante de um narrador onisciente, o narrador muda completamente sua posição. Afetado pela ideia de que não pode saber tudo, pela própria precariedade de nossa capacidade de percepção, para continuar a contar a história ele intencionalmente se põe no mesmo ní-

Posfácio

vel de sua personagem, de modo que a única percepção que ele nos permite ter dos acontecimentos é a que provém de Ordínov, de suas ações e das que inspira nas demais personagens. De modo quase imperceptível, ele começa a se aproximar intimamente de Ordínov, a adentrar seus pensamentos e sentimentos, até o ponto de se instalar por completo em sua mente, criando muitas vezes no leitor a impressão de que a narrativa está sendo conduzida pelo próprio Ordínov.

O que dá ensejo à narrativa é um acontecimento mais do que banal: uma mudança de alojamento. Após toda uma existência de completo recolhimento, ao entrar numa igreja iluminada apenas pelo brilho do sol poente e as chamas bruxuleantes das velas, Ordínov de repente se depara com a possibilidade de se abrir para o mundo exterior, ao se interessar por outra pessoa. Se até então ele vivera para a ciência e o sonho, agora sua vida é tumultuada por um fato novo, que o leva a desenvolver uma nova percepção de si mesmo e um novo sentido para sua existência. Sentimentos e sensações sufocados por anos a fio afloram de uma só vez, levando-o a experimentar "a profunda sensação de que toda a sua vida se partira ao meio".

É por esta razão que sua busca por um novo alojamento (que acaba por se transformar na busca de um "lugar no universo" ao qual pertencer) lhe traz à mente recordações da infância que o remetem a um outro momento, similar, de ruptura com um mundo de ordem e completa satisfação. A perda da proteção materna e daquele mundo cercado por "enxames de espíritos luminosos", afugentados para sempre, leva a uma fratura irreparável, a uma espécie de fragmentação da própria unidade paradisíaca original. O sentido da vida, que até então lhe parecia imanente, se perde, e em seu lugar ele vê abrir--se diante de si um abismo, símbolo da cisão de seu mundo. Rejeitado pelos companheiros por seu caráter "introspectivo e sorumbático", aos poucos se isola de tudo. Se a meta de sua "fuga" era reencontrar a integridade perdida, o que Ordínov consegue é aprofundar ainda mais essa cisão, a ponto de torná-la praticamente irreversível.

Objetivamente incapaz de resolver seu conflito com a realidade que o cerca, Ordínov encontra nos estudos uma forma de evasão. Mas quanto mais se dedica a desenvolver seu intelecto, mais impressionável se torna sua sensibilidade, mais precárias suas relações com as outras pessoas e mais irreversível a dissolução de seus vínculos com o mundo exterior. O desenvolvimento de sua inteligência acaba por apartá-lo completamente da totalidade da vida, o que não só não escapa a seu rival, Múrin, como serve a este de argumento definitivo para a desmoralização da imagem elevada que se fazia dele.

A solidão, portanto, muito mais do que sua "intuição de herói romântico", como querem alguns críticos, revela-se um conteúdo essencial da tragédia do "sonhador" de Dostoiévski. E ela não decorre absolutamente de uma opção romântica, de uma recusa consciente de uma realidade cotidiana mesquinha, o que torna a figura de Ordínov extremamente expressiva, pois sintetiza questões que se referem a toda uma camada cultural da sociedade de sua época.

Ievguêni Oniéguin e Pietchórin, cada um a seu modo, não se encontram menos em "desacordo com o mundo" do que Ordínov. Todos os "heróis" dessa geração sentem que foram altamente predestinados, sentem na alma uma força extraordinária, mas, assim como Pietchórin, não conseguem adivinhar em que consiste essa predestinação. E no caso de Ordínov há um agravante, pois, além de tudo, ele apresenta uma outra fraqueza: é um "sonhador" que perdeu o contato com a vida real e se asselvajou em sua solidão.

Ao encontrar Katierina, seu coração solitário se precipita em busca de amor e compaixão como se esse fosse o acontecimento capaz de resgatá-lo; mas o coração da mulher que escolheu para amar não é livre, pertence a outro homem, ao qual ela diz ter vendido a alma. Para conquistá-la, ele teria de

Posfácio

enfrentar um rival poderoso, que em sua imaginação "fantasiosa" é a própria personificação do mal.

Sua disputa com Múrin pelo coração de Katierina, tal como está colocada na novela, serve de móvel não só para a ação como também para o desmascaramento do "sonhador" romântico e sua revelação como um "homem fraco". Na literatura romântica, o "sonhador" se distinguia por seu caráter titânico, elevado, e podia ser apresentado como inteiramente perfeito e acabado; isto é, ele era o que parecia ser. Aquilo que ele pensava de si mesmo coincidia exatamente com sua verdadeira natureza e com a opinião dos outros sobre ele. E é justamente esse tipo que Dostoiévski tenta mostrar nesta novela como um fenômeno ainda corrente na vida russa em fins da década de 1840. Mas, ao colocá-lo no centro de sua narrativa, o escritor promove uma reestruturação completa em sua representação, mostrando toda a discrepância existente entre o que ele parece ser e aquilo que ele realmente é. Ou seja, enquanto para o romantismo o tipo é um elemento fixo, em que a personagem está inibida por suas características internas, Dostoiévski rompe com essa concepção e mostra, através da figura de Ordínov, que as pessoas não estão fechadas, não são estanques em suas características.

Com razão, a crítica costuma aproximar esta novela de alguns dos contos românticos de Hoffmann em que o herói é um jovem de disposição dócil, com inclinações artísticas, mas inepto para os assuntos da vida prática. Entretanto, enquanto a tendência do verdadeiro herói romântico, ao entrar em contato com a realidade, é se retirar para sempre para o mundo da fantasia, com as personagens de Dostoiévski acontece exatamente o oposto: elas perdem definitivamente a capacidade de sonhar.

O que se revela, portanto, um elemento fundamental para a representação do "sonhador" de Dostoiévski é a forma como está organizada a narrativa. Ao eliminar a distância que separa o narrador de seu objeto, Dostoiévski abre uma brecha na própria tessitura da narrativa para a exploração do tipo de Ordínov por Múrin. Ao romper a capa de aparência que envolve a figura do "sonhador", Múrin o levará a descobrir por si mesmo, e a exibir diante das demais personagens, toda a sua covardia, sua terrível impotência e frouxidão de vontade.

A disseminação da atmosfera irreal, fantástica, que envolve a figura de Múrin e coloca Katierina como vítima de seu poder misterioso, contou desde o início com a contribuição de Ordínov. Mas à medida que avança o processo narrativo, tal atmosfera vai sendo dissipada, surgindo nitidamente como o resultado de atitudes muito bem calculadas, de uma "tirania profunda e implacável sobre uma pobre criatura indefesa". E Ordínov, que acaba por revelar um agudo senso de realidade, não só percebe que Katierina, em sua pureza, não podia ter consciência da tirania de que era vítima, como desvenda todo o processo de sua reificação por Múrin. Ele se dá conta perfeitamente de que não há feiticeiro algum, encantamento algum, nem nada de sobrenatural no comportamento de Múrin, e sim a prova cabal da teoria deste último, de que a liberdade, com o estado de acomodação da pessoa, acaba na prática por se tornar um fardo.

Mas a verdade sobre Múrin não se esgota aí. Há uma pontinha de mistério que permanece até o fim envolvendo sua figura. Quando Katierina conta a Ordínov sua triste história, como morreram seus pais e ela se amigou com o assassino deles, que a enfeitiçou e adquiriu sobre ela um misterioso poder, a jovem parece guardar um segredo terrível, que lhe oprime profundamente a alma: pelo que tudo leva a crer, Múrin é seu verdadeiro pai.

O crítico Rudolf Neuhauser, num estudo sobre *A senhoria*, toma com muita propriedade o encontro de Ordínov e Katierina na igreja como "o encontro entre a *intelligentsia* e o povo". Neuhauser sugere que Katierina, que "representa o povo, a alma russa", entendeu o passo de Ordínov, "um in-

Posfácio

telectual progressista, ocidentalista", ao vê-lo à sua porta, e "está preparada para unir forças com ele e resistir a Múrin", "a própria personificação do mal nas tradições nacionais da Rússia".[9]

Múrin, entretanto, tem seus estratagemas para mantê-la cativa. Um deles está relacionado com a promessa de restituir a Katierina "seu amor com sua liberdadezinha dourada", caso ela viesse a deixar de amá-lo. E a repetição ostensiva dessa promessa nos momentos mais cruciais, a ponto de entorpecê-la, oculta em parte o processo pelo qual Múrin vai mascarando o real para ela e tomando conta de sua subjetividade, até eliminá-la. Ou seja, até que, em sua impotência para renunciar às tradições opressoras, "resulta que é melhor deixar tudo como estava". Daí suas palavras: "Dê a ele, ao homem fraco, a liberdade — ele mesmo a atará e a trará de volta. A um coração tolo, nem a liberdade de nada serve!". Palavras estas que, trinta anos mais tarde, encontrarão eco na boca do grande inquisidor em *Os irmãos Karamázov*.

É preciso, portanto, fazer uma ressalva à opinião de que Katierina expulsa Ordínov de sua casa porque não confia em sua capacidade para libertá-la. Para sermos justos com Ordínov, é preciso reconhecer que, se ela escolhe ficar com o outro, isso se deve não apenas à incapacidade dele de estabelecer uma relação ativa com a vida, mas também à dela própria, de renunciar àquilo que a mantém oprimida. Ou seja, num nível social simbólico, "o povo, a alma russa", se recusa a "unir forças" com o "intelectual progressista, ocidentalista", não só por perceber sua impotência e incapacidade de lutar por seus objetivos, mas porque ele próprio não tem forças para renunciar a séculos de tradição.

Leonid Grossman tem razão em apontar que não é "nem o tiro de Múrin, nem o punhal de Ordínov que conduzem ao

---

[9] Rudolf Neuhauser, "*The Landlady*: A New Interpretation", *Canadian Slavonic Papers*, 1968, p. 49.

desenlace. A própria heroína decide seu destino".[10] A questão é se ela tinha escolha, pois a modelação do homem pelo homem é um ponto básico dessa novela, que revela de forma viva e determinante a que ponto a sociedade, o meio, influencia na construção do indivíduo, define sua vida, seu comportamento e não lhe deixa alternativa.

No início da novela, o narrador conta que Ordínov estava desenvolvendo um "sistema". Tudo leva a crer que se trata de algo ligado à filosofia do socialismo utópico, sob cuja influência se encontrava o próprio Dostoiévski quando escrevia *A senhoria*. Ordínov é um tipo intelectual dos anos 1840, e o uso da palavra "sistema", na época, sugeria um contexto bastante específico, que remetia a ideias ocidentais, relacionadas principalmente com a tentativa de se resolver o problema histórico entre o homem e o mundo.

Joseph Frank, que questiona as interpretações que aproximam Ordínov dos socialistas utópicos, vendo-o mais como "um protótipo do tipo 'sonhador' idealista romântico fora de moda", não deixa de ter razão. A questão é que, ao colocar a figura do "sonhador" no centro de sua obra e mostrá-lo como um tipo ainda corrente na época, o objetivo de Dostoiévski não é de modo algum sua representação pura e simplesmente como um tipo romântico. Ao se aprofundar em sua psicologia em busca das bases de sua sustentação na sociedade, o escritor empreende uma reestruturação completa no modo de representação desse tipo, mostrando-o como estreitamente vinculado ao "homem supérfluo", o "herói do tempo". Um tipo que, nas palavras do próprio Dostoiévski, "havia finalmente entrado para a consciência de toda a nossa sociedade e continuado a se transformar e a se desenvolver a cada nova geração".[11]

[10] Leonid Grossman, *Dostoiévski*, Moscou, Molodáia Gvárdia, 1963, p. 97.

[11] Citado por A. I. Juravlióva, *op. cit.*, p. 45.

Posfácio

Assim, ao representar o desenvolvimento do caráter solitário de Ordínov intrinsecamente relacionado com suas tentativas de integração no mundo exterior, o escritor apresenta tanto a origem social da solidão como suas consequências: Ordínov não só "embotou" todo o seu talento artístico e científico como também perdeu o amor de Katierina, que havia conquistado ao primeiro olhar. Sua personagem é apresentada como uma pessoa criadora, que se entrega com uma embriaguês alucinante a tudo a que se dedica, e busca intensamente sua realização na criação científica. A questão está na maneira como ela se lança na realização de suas potencialidades, baseando-se puramente em sua interioridade subjetiva, desligada da realidade, do contato com seus semelhantes. É, portanto, na forma como Ordínov age e reage ao "ambiente" que sua personalidade se define e se modela como um autêntico "herói de seu tempo".

Iaroslav Ilitch, apesar de parecer figura secundária na novela, também desempenha papel especial na elucidação da figura do "sonhador" como um "herói de seu tempo", ao mostrar a admiração extraordinária que a personalidade desse tipo é capaz de despertar nas pessoas mais inexperientes. Ordínov aparece como uma figura venerada pelo amigo e logo de cara ganha também a simpatia de seus senhorios alemães, que olhavam para ele com admiração e respeito por suas ideias maravilhosas, seus sentimentos elevados, seu amor à ciência. Mas quando vem à tona seu verdadeiro caráter, em toda a sua indolência e impotência, Ordínov perde o respeito de todos. Daí por diante, ele só será motivo de orgulho para "a criada do alemão, uma velha muito beata", que "contava com gosto como reza seu inquilino pacato e como passa horas a fio, como que inanimado, deitado no chão da igreja...".

A decadência de Ordínov no final da novela, que leva ao desmascaramento da figura do "sonhador", é extremamente expressiva. Com ela Dostoiévski mostra que só por meio de sua participação na vida viva o homem pode realizar integralmente suas possibilidades. "O *exterior* tem de estar em equilíbrio com o *interior*", como manifestou o próprio escritor; caso contrário, os obstáculos com que o indivíduo se depara, nas tentativas de mudar o curso de sua vida, de influir sobre a realidade e sobre si mesmo, se revelam intransponíveis. Não por acaso o processo de desenvolvimento do enredo é conduzido de maneira a fazer com que, ao se lançar à vida real e entrar em contato com as demais personagens, a ideia elevada que Ordínov faz de si mesmo se revele falsa, e ele, um herói falso, fracassado, um autêntico "homem supérfluo", cuja vida não é necessária a ninguém.

A senhoria só começou a suscitar certo interesse após a morte de Dostoiévski, quando críticos e pesquisadores passaram a reconhecer nessa novela uma de suas primeiras — e mais importantes — vias de acesso a temas que iriam ocupá-lo intensamente no futuro. Ordínov já traz dentro de si, em germe, o "subsolo", a principal característica apresentada por seus sucessores, os contraditórios heróis de Dostoiévski que aparecerão na década de 1860 e que encontram em *Memórias do subsolo* (1864) um de seus momentos mais inquietantes.

SOBRE A TRADUTORA

Fátima Bianchi é professora da área de Língua e Literatura Russa do curso de Letras da Faculdade de Filosofia, Letras e Ciências Humanas da Universidade de São Paulo. Entre 1983 e 1985, estudou no Instituto Púchkin de Língua e Literatura Russa, em Moscou. Defendeu sua dissertação de mestrado (sobre a novela *Uma criatura dócil*, de Dostoiévski) e sua tese de doutorado (para a qual traduziu a novela *A senhoria*, do mesmo autor) na área de Teoria Literária e Literatura Comparada, também na USP. Em 2005 fez estágio na Faculdade de Filologia da Universidade Estatal de Moscou Lomonóssov, com uma bolsa da CAPES. Traduziu *Ássia* (Cosac Naify, 2002) e *Rúdin* (Editora 34, 2012), de Ivan Turguêniev; *Verão em Baden-Baden*, de Leonid Tsípkin (Companhia das Letras, 2003); e *Uma criatura dócil* (Cosac Naify, 2003), *A senhoria* (Editora 34, 2006), *Gente pobre* (Editora 34, 2009), *Um pequeno herói* (Editora 34, 2015) e *Humilhados e ofendidos* (Editora 34, 2018), de Fiódor Dostoiévski, além de contos e artigos de crítica literária. Tem participado de conferências sobre a vida e obra de Dostoiévski em várias localidades e é coordenadora regional da International Dostoevsky Society.

SOBRE O AUTOR

Fiódor Mikháilovitch Dostoiévski nasceu em Moscou a 30 de outubro de 1821, num hospital para indigentes onde seu pai trabalhava como médico. Em 1838, um ano depois da morte da mãe por tuberculose, ingressa na Escola de Engenharia Militar de São Petersburgo. Ali aprofunda seu conhecimento das literaturas russa, francesa e outras. No ano seguinte, o pai é assassinado pelos servos de sua pequena propriedade rural.

Só e sem recursos, em 1844 Dostoiévski decide dar livre curso à sua vocação de escritor: abandona a carreira militar e escreve seu primeiro romance, *Gente pobre*, publicado dois anos mais tarde, com calorosa recepção da crítica. Passa a frequentar círculos revolucionários de Petersburgo e em 1849 é preso e condenado à morte. No derradeiro minuto, tem a pena comutada para quatro anos de trabalhos forçados, seguidos por prestação de serviços como soldado na Sibéria — experiência que será retratada em *Escritos da casa morta*, livro que começou a ser publicado em 1860, um ano antes de *Humilhados e ofendidos*.

Em 1857 casa-se com Maria Dmitrievna e, três anos depois, volta a Petersburgo, onde funda, com o irmão Mikhail, a revista literária *O Tempo*, fechada pela censura em 1863. Em 1864 lança outra revista, *A Época*, onde imprime a primeira parte de *Memórias do subsolo*. Nesse ano, perde a mulher e o irmão. Em 1866, publica *Crime e castigo* e conhece Anna Grigórievna, estenógrafa que o ajuda a terminar o livro *Um jogador*, e será sua companheira até o fim da vida. Em 1867, o casal, acossado por dívidas, embarca para a Europa, fugindo dos credores. Nesse período, ele escreve *O idiota* (1869) e *O eterno marido* (1870). De volta a Petersburgo, publica *Os demônios* (1872), *O adolescente* (1875) e inicia a edição do *Diário de um escritor* (1873-1881).

Em 1878, após a morte do filho Aleksiêi, de três anos, começa a escrever *Os irmãos Karamázov*, que será publicado em fins de 1880. Reconhecido pela crítica e por milhares de leitores como um dos maiores autores russos de todos os tempos, Dostoiévski morre em 28 de janeiro de 1881, deixando vários projetos inconclusos, entre eles a continuação de *Os irmãos Karamázov*, talvez sua obra mais ambiciosa.

SOBRE O ARTISTA

Paulo Camillo Penna nasceu em 1970, em São Paulo, e formou-se em gravura pela Escola de Comunicações e Artes da Universidade de São Paulo em 1994, frequentando também, no período de sua formação, o Ateliê Experimental Francesc Domingos no MAC-USP e o Ateliê de Gravura do Museu Lasar Segall. Entre 1993 e 1997 participou do Ateliê Piratininga, junto com outros colegas artistas, período em que desenvolveu seu trabalho pessoal e ao mesmo tempo participou de vários projetos coletivos. Em janeiro de 1998 trabalhou como artista residente no Frans Masereel Center of Graphic Arts em Kasterlee, Bélgica, e entre 1998 e 1999 cursou a Byam Shaw School of Art, de Londres, como bolsista do programa Apartes da CAPES-MEC.

Entre suas exposições mais recentes, destacam-se as mostras coletivas "Impressões", no Santander Cultural em Porto Alegre, "Geometrias", no Atelier Tactile Bosch em Cardiff, Gales, em 2004; "In Images We Speak", no Amsterdams Grafisch Atelier, da Holanda, a "V Biennale Internationale de la Gravure d'Ile de France", em 2005; "Gráfica Contemporânea", na Galeria do Centro Cultural Brasil-Estados Unidos, em Belém; e a exposição individual "Figuren Aus Brasilien", na Galerie Wildeshausen, da Alemanha, em 2006. Atualmente é coordenador do Ateliê de Gravura do Museu Lasar Segall.

ESTE LIVRO FOI COMPOSTO EM SABON,
PELA BRACHER & MALTA, COM CTP DA
NEW PRINT E IMPRESSÃO DA GRAPHIUM
EM PAPEL PÓLEN NATURAL 80 G/M^2 DA
CIA. SUZANO DE PAPEL E CELULOSE PARA
A EDITORA 34, EM MARÇO DE 2023.